AF370417

RELATOS DE CUENTOS SINIESTROS

Basado en testimonios
reales de habitantes de
un pueblo llamado Aniel
Un pueblo que jamás existió

Madame Melina

EDIQUID

RELATOS DE CUENTOS SINIESTROS
Basado en testimonios reales de habitantes de un pueblo llamado Aniel.
Un pueblo que jamás existió
© Madame Melina

Editado por: Corporación Ígneo, S.A.C.
para su sello editorial Ediquid
José Olaya 169, Ofic. 504, Miraflores. Lima, Perú
Primera edición, noviembre, 2023

ISBN: 978-612-5112-78-1
Impresión bajo demanda

Hecho el Depósito Legal en la Biblioteca Nacional del Perú N° 2023-10189
Se terminó de imprimir en noviembre de 2023

www.grupoigneo.com
Correo electrónico: contacto@grupoigneo.com
Facebook: Grupo Ígneo | X: @editorialigneo | Instagram: @grupoigneo

Colección: Nuevas Voces

ÍNDICE

AGRADECIMIENTOS

Quiero dar las gracias, primero que todo, a mi hija, Isabella, y a mis padres por no permitir que me rindiera frente a las adversidades, por ser mi apoyo y el motor de mi vida. Gracias a mi amado Freddy por ser quien catapultó mi decisión de publicar, por creer en mí y soñar conmigo aun despierto. Gracias a mis amigas ultraviolentas por su cariño y por ser incondicionales siempre. Gracias a todos aquellos que escucharon de esta historia y creyeron en ella. Aquí les dejo los primeros relatos que alguna vez escuché susurrar por las calles de Aniel.

Espero que lo disfruten tanto como yo al escribirlo. «Lo más siniestro vive en el corazón de nuestras mentes, en nuestros infiernos personales».

Madame Melina

INTRODUCCIÓN

Caminé con un rumbo establecido desde que aquella llamada telefónica sembró mi duda. El dinero era bueno. Desconocía el lugar al que me dirigía, pero según la persona que me contactó, no era del todo uno de los paraísos que desearía conocer por iniciativa propia. Eso estaba claro. Soy un investigador privado cuyo nombre nadie, ni ustedes, conocerán por el momento.

Luego de bajarme del bus tenía que recorrer un largo trecho. La calma del lugar me hacía respirar profundo. Por un instante, creí viajar solo con mis pensamientos tranquilos y con el corazón al unísono con el cantar de los pájaros. «Todo está bien —me dije—, es solo un trabajo más», pero algo dentro de mí hizo esfumar el espejismo que era mi serenidad. De pronto, descubrí que ya no estaba caminando solo, algo detrás de mí pisaba mis huellas con un siniestro silencio. Sabía que no había nadie, nadie visible, al menos, pero podía percibirlo con incomodidad. Varios pensamientos aparecieron en mi subconsciente, atropellando lo que era mi vida hasta ese entonces. ¿Qué me estaba pasando? La sangre subía por mi garganta y causaba estragos en mi cerebro. Sentí que me desmayaba.

—Joven, ¿le ocurre algo?

Una voz algo ronca me hizo volver a la realidad.

—Nada serio, caballero, solo fue un mareo. Creo que no desayuné lo suficiente para tanta caminata. ¿Usted podría indicarme si estoy siguiendo bien este camino? Me dirijo a Aniel.

El viejo sonrió y miró sobre mi hombro, fijando su vista en algo que estaba justo detrás de mí.

—Usted acaba de entrar en Aniel.

Sus palabras me hicieron notar mi poca percepción del tiempo. Había caminado más de dos horas. Al darme cuenta de que el anciano seguía mirando detrás de mí, me volteé para ver qué llamaba tanto su atención. Para mi sorpresa, no había nadie, ni detrás de mí ni frente a mí. El extraño anciano había desaparecido.

A veces leemos las líneas de un párrafo sin saber lo que ocultan aquellas palabras. ¿Cuánta verdad disimulan? ¿Cuánto misterio guardan con celo? Cuando mis pies cruzaron la línea divisoria de Aniel, supe que jamás volvería atrás. Ya no sería quien había sido y pronto olvidaría cómo volver a mi hogar.

Con ustedes dejo los testimonios que pude recopilar en este corral del diablo. No sé si estas líneas trasciendan, pero les aseguro que si ustedes logran leerlas, ya es un gran alivio que alguien escuche mis gritos de auxilio. ¡No vengan a buscarme! ¡No crucen a este pueblo maldito! Le prometí a una gran amiga que llegaría al final y resolvería el puzle, aunque me lleve a las garras de la muerte, o peor aún, a las profundidades de este pueblo condenado.

Anónimo

LO QUE ACECHA

Quiero expresar, en primera instancia, que este relato lo hago de manera anónima para una muy querida amiga. Ella nunca supo que fui yo. Ni siquiera alcanzó a ver estas líneas. Cuando llegué…

Era demasiado tarde.

• • •

Sonaba la alarma de urgencia, entraban las camillas apresuradas. La gente se volvió loca, los trozos de carne caían al suelo con estrépito y, por detrás, los enfermeros los recogían como mendigos recogiendo migajas de pan.

—¡¿Qué ocurrió aquí?! —gritó el médico de turno.

Todos se miraban las caras sin encontrar respuesta. Al cuerpo del hombre que estaba en la camilla le faltaba una pierna y ambos brazos. De su rostro solo quedaba un trozo de carne irreconocible.

Miré de reojo a una figura de gran tamaño que entraba por la puerta de urgencia.

—Soy Liam, policía de investigación civil de Aniel —se presentó—. ¿Quién es el doctor encargado del turno?

Detrás de la camilla del occiso, el hombre de bata blanca que acababa de preguntar por lo ocurrido levantó una mano.

—Soy yo —respondió. Le dirigió una mirada a mi compañero y apuntó hacia abajo—. Cúbranlo y bájenlo a la morgue —indicó. Luego, el policía y el médico entraron a una sala y cerraron la puerta tras ellos.

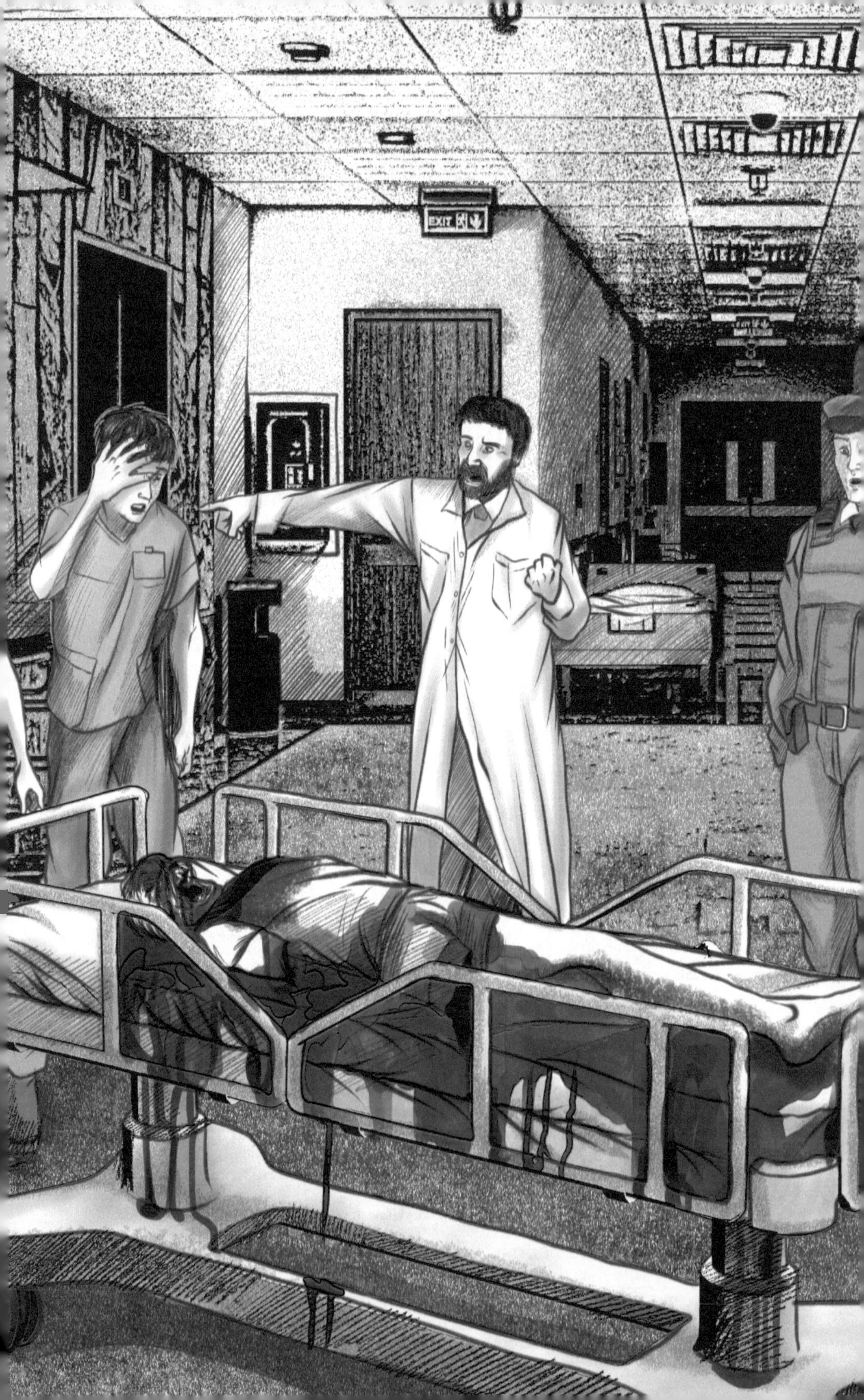

Aníbal, mi compañero, me hizo un gesto para que lo siguiera.

—Acompáñame —me pidió—, no quiero ir solo.

Yo asentí con la cabeza. Cubrimos el cuerpo y nos dirigimos a los ascensores.

—¿Qué crees que le ocurrió? —me preguntó con un tono de genuina preocupación.

—No lo sé. Sea lo que sea, algo muy malo debe haber detrás de todo esto. Cuando lleguemos a la morgue, echémosle un vistazo —sugerí, pero mi compañero me devolvió una mirada de horror y negó con la cabeza.

El -2 era un largo y oscuro pasillo, silencioso y húmedo, con cañerías al aire libre. La morgue se encontraba al final del camino empedrado.

Cuando estuvimos allí, metí la mano en mi bolsillo y saqué la enorme llave que abría la mohosa cerradura. Al entrar, la temperatura gélida activó los poros de mi piel. Situé la camilla en el espacio vacío y destapé el cuerpo. Una gran cantidad de sangre estaba empozada en los canales de la camilla. Conecté la manguera y dejé que se fuera al desagüe.

Caminé por el pasillo principal de vuelta a la sala central. De pronto, la silueta del doctor Hills me interceptó.

—Enfermera, quisiera hablarle un segundo, ¿me acompaña a mi oficina? —me pidió. Asentí sin dudar y lo acompañé—. Como jefe del departamento de urgencia, debo anunciarle la inquietante noticia que me acaba de dar el oficial Liam, el hombre que recibimos hace un rato, era Adrián, encargado del turno de la mañana. Lo encontraron en el terreno baldío que colinda con este hospital, parece que su atacante no se tomó el tiempo de ocultarlo, o no sé, pero ¿sabe que es lo más espantoso de esto?

—añadió. Alcé mis hombros y negué con la cabeza—. Adrián habría sido comido y despedazado por algún animal, eso piensa la policía. Debemos tener cuidado —advirtió.

Mis ojos se abrieron de par en par. «¿Un animal? —me dije—. No existe animal capaz de hacer algo así, o, por lo menos, no uno conocido».

Salí de la oficina, pensativa...

—¡Conque aquí estás! Llevo como dos horas buscándote —me llamaron. La voz de Margarita, mi amiga, me extrajo abruptamente de mis pensamientos—. ¿Dónde estabas? —preguntó. Yo tragué saliva.

—Estaba con el doctor Hills. ¿Ocurrió algo?

El rostro de mi amiga connotaba una extraña excitación. Con su mano, me invitó a seguirla. Corrimos por el pasillo hasta una curva y me indicó con el dedo al otro lado de la muralla. Al asomarme, vi que un hombre de muy buen aspecto estaba entrando en una de las salas de urgencia.

—¡Es guapísimo!, así como nos gustan a nosotras. ¿Vamos? —sugirió.

Le sonreí, guiñé un ojo y fuimos. Mi querida amiga seguía siendo una niña para esos temas.

En efecto, el hombre era hermoso, no había nada que decir. Era tal y como uno se lo imaginaría en los sueños. Margarita se adelantó para buscar su ficha e ingresamos juntas.

—Buenas noches, mi nombre es Margarita —se presentó—. Soy la enfermera de turno que estará con usted esta noche. Enseguida vendré a ponerle la vía para pasarle un medicamento que dejó el médico. Uno de mis compañeros vendrá a buscarlo para un examen. Cualquier cosa que necesite, me llama.

A pesar de su dolor, el joven quedó impresionado con mi compañera. Margarita era una mujer muy bella.

—¿Viste cómo me miró? —exclamó mi amiga con alegría esperanzadora—. ¡Ya! Iré a buscar a Aníbal para que lo lleve al escáner —avisó, pero la tomé de la mano para detenerla.

—No, tranquila, yo lo llevo —le dije. Ella me guiñó un ojo y se alejó.

Esperé a que Margarita le pusiera la vía y entré en escena.

—Buenas noches, vengo a buscarlo para llevarlo a un examen.

El pobre sujeto apenas podía abrir los ojos del dolor que lo aquejaba. Subí las barandas de su camilla y saqué el freno. Con calma y cuidado, comenzamos a avanzar por el pasillo hasta los ascensores.

—Cuénteme, ¿usted es alérgico a algún medicamento? —le pregunté. Él negó con la cabeza—. ¿Tiene o tuvo alguna enfermedad infectocontagiosa?

De nuevo, negó con la cabeza. Entramos en el ascensor y bajamos.

El -2 era un largo y oscuro pasillo, silencioso y húmedo, con cañerías al aire libre. La morgue se encontraba al final del camino empedrado.

—¿Qué hacemos aquí? —preguntó—. ¿Aquí hacen los exámenes?

Caminé por el pasillo principal de vuelta a la sala central. Luces rojas y azules atravesaban los vidrios de urgencias. Una camilla entró con prisa, abriendo las puertas de par en par.

—¡Quédate con nosotros! ¡Quédate con nosotros, amigo! —gritaban unos paramédicos mientras le ponían una mascarilla de recirculación a lo que parecía ser un rostro—. ¡Es Aníbal! ¡Ayúdenlo!

Margarita salió corriendo de una de las salas y entró con ellos al reanimador.

—¡Debes resistir! —gritaban.

—¡Se nos va, se nos va!

Despacio, las voces agitadas se apagaron.

—¡No puede ser!

Veinte minutos después salieron del pabellón. Había fallecido.

Al igual que el primer hombre ingresado durante el turno, su carne estaba rasgada, sus miembros habían sido amputados y, donde se suponía que iba su rostro, solo quedaba una masa mordisqueada de carne.

—¿Qué está pasando? —preguntó mi amiga, aterrada—. Dos hombres muertos de la misma manera, la misma noche... No entiendo, no entiendo. Aníbal bajó contigo a la morgue a dejar al primer hombre, ¿qué ocurrió ahí?

No supe bien qué responderle

—Bueno... Bajamos, llegamos a la morgue, lo dejamos, subimos y fui a la oficina del doctor Hills. No sé a dónde pudo ir él —le dije. Mi amiga hizo una mueca con su boca.

—¡Qué extraño! Por lo que comentan los demás, nadie más lo vio después de eso.

La tomé del brazo con fuerza.

—Quizá debemos ir a investigar a la morgue —sugerí.

Aunque en un comienzo Margarita dudó, terminó aceptando.

Boletín de último minuto

Cuatro personas fueron encontradas muertas en los alrededores del hospital Aureum Solis, tres hombres y una mujer. La causa del fallecimiento de estas personas es casi imposible de creer: fueron atacados y devorados por un animal salvaje que ronda el pueblo. Se llama a la comunidad a tener precaución y no salir solos a altas horas de la noche.

… Un animal salvaje.

¡Un animal!

Odio cuando me llaman así.

SERVICIO ESPECIAL

El dulce sabor de un beso es incomparable. Su calidez al tacto de mi piel es formidable. La excitación se apodera de mi cuerpo como un espíritu violento, sacudiéndome. Es increíble.

. . .

La tarde estaba envejeciendo, y con 538 años viendo el mismo sol decantar cada día, uno pierde el dejo del romanticismo de la escena. Uno solo espera que aquellos ojos brillantes y en vigilia constante cubran el cielo lo más pronto posible.

Siempre me sentí muy cómodo con la noche, incluso antes de mi transformación. Nunca tuve miedo de los monstruos que se aprovechan de las sombras para ocultarse. Yo siempre fui un monstruo y jamás lo oculté.

Una bella luna cuidaba mi espalda mientras yo deambulaba por las calles, como alma en pena, en busca de alguien, alguien que hiciera compañía, alguien... que despertase mi apetito. Al poco rato de andar, llegué al bar al que solía ir casi sesenta años atrás. En todo ese tiempo habían cambiado muchas cosas: la decoración, los platos, los tragos, la gente, hasta lo habían remodelado seguido. Sin embargo, en ningún lugar preparaban mejor mi licor favorito, ninguno igualaba al que hacían en ese lugar. Menos mal, a pesar de los cambios, aquello nunca varió.

—Señor Andrew, buenas noches. ¿Gusta lo de siempre? —me preguntó el mesero. Yo confirmé y me senté.

La bebida llegó rápido. Los hielos amontonados flotaban, luchando unos con otros por salir a la superficie, recordándome a la humanidad.

—¿Puedo sentarme contigo?

Una voz armoniosa y atractiva me invitó a darme vuelta. Una mujer llamativa, con escote prominente, quería acompañarme en mi soledad.

—Por supuesto —asentí. Luego me levanté para buscarle una silla y le hice un gesto al cantinero para que le satisficiera sus gustos—. ¿Qué quieres tomar? —le pregunté.

—Un vino —me respondió.

Después de una breve introducción sobre cada uno, supe que su nombre era Agatha, que apenas había llegado al pueblo y que era la primera vez que visitaba el bar. Su bello rostro y sus caderas hipnóticas terminaron por abrirme el apetito.

Coloqué una de mis manos sobre su muslo desnudo. Como mencioné antes, sentir una piel cálida incrementaba algo más que mis ganas de comer.

—¿Vamos a otro lugar? Quiero aventurarme contigo esta noche —le dije. Ella sonrió. Aunque ellas no lo supieran, la inmortalidad de mi ser las convertía en presas fáciles.

—¡Pues vamos! —me respondió.

Salimos del bar. Ella tomó mi brazo y se pegó a mi cuerpo.

—¡Qué frío estás! —exclamó. La miré y, con mis dedos, acaricié su cabello.

—Tranquila, estoy bien.

Por fin llegamos a mi departamento. El conserje me abrió la puerta.

—Señor Andrew, buenas noches —saludó—. ¿Gusta el servicio de siempre?

Le guiñé un ojo en señal de aprobación y subí con ella por las escaleras.

—¿A qué se refiere el caballero con «el servicio de siempre»? —preguntó Agatha con algo de temor en su voz (después de tantos siglos, era muy fácil percibirlo).

Debía hacerla sentir segura, protegida y amada, era la única manera de que la comida se sirviera como corresponde en una mesa.

—Tranquila, cariño mío, solo habla del servicio de lavandería. Soy muy mañoso con la prolijidad con la que se lava mi ropa en este lugar, y ellos, con amabilidad, me realizan un servicio especial con detergentes especiales. Solo eso —aseguré. Ella suspiró y asumí que me había creído. Punto a favor.

Entramos en mi departamento. Ella se desabrigó de inmediato, dejando al descubierto su cuello, su clavícula y parte de sus pechos. Algo entre mis muslos se tensionó. Traía puesto un vestido negro sobre las rodillas. Sus tersas piernas terminaban en un zapato de tacón negro de terciopelo. Era todo un ángel.

Me apresuré a desvestirme también. Mi cuerpo, a pesar de sus 538 años, se mantenía en estupenda forma. Por su mirada, supe que ella lo notó. No dudó en rodear mi cuello con sus brazos, entregándose a mí. El hambre que sentía en esos momentos me cegó. Su olor, el perfume de su piel era hechizante. Probé el sabor de sus besos, sus manos recorrían mi espalda, las mías su cabello y su rostro. Seguí besándola hasta llegar a su cuello, mientras bajaba también el cierre de su vestido.

Su desnudez me deslumbró y sacó al animal que llevaba dentro. La tomé del cuello con fuerza, a ella no pareció importarle. La arrojé a la cama, ella me buscó con ímpetu, arrebatándome el cinturón de un solo tirón. Mis dientes mordían con suavidad sus labios, su cuello, sus manos, sus brazos, sus pechos. La sangre empozada entre mis piernas me hacía llegar a un júbilo escandaloso, quería comerla por completo.

De pronto, ella tomó el control, me dio vuelta y se subió sobre mí. Mis manos tomaron con fuerza su cadera, mis uñas se incrustaron en su piel. Quería entrar en ella a toda costa. Ella, con un ágil movimiento, me lo impidió. La vi bajar, besando mi fría piel, hasta llegar a rodear con sus labios la plenitud de mi placer. Cerré los ojos con fuerza, estremeciéndome. Mi respiración aumentó, mis manos alcanzaron a tomar su cabello.

Ella subía y bajaba con su boca, usando su lengua para realizar circunferencias fantasmas que solo en mi imaginación podía ver y solo mi sensible piel podía sentir. Estaba en éxtasis, en una excitación sostenida. Era increíble. Y mis ganas de entrar en ella fueron impugnables. La tomé con suavidad mientras me sentaba en una orilla de la cama, ella no me soltaba. Toqué su rostro con delicadeza y lo acerqué al mío. La tomé de los muslos y, acomodándola, la senté sobre mí. Y entré.

Entré una y otra vez en su calor.

Entré una y otra vez, entre gemidos y silencios.

Entré una y otra vez, entre la fuerza y la ternura.

Entré una y otra vez, perdiendo el sentido del tiempo y del espacio.

Entré una y otra vez a su luz y hasta el fondo de sus sombras.

Y entré.

Y volví a hacerlo.

La cambié de posiciones y de condiciones.

Se venía el clímax.

Yo no era un vampiro común y corriente. No saciaba mi hambre con gotas de sangre, me alimentaba de otras cosas, cosas como la vida.

Podía sentir cómo me venía dentro de ella, quien alcanzaba el clímax antes que yo. Entonces me fui, mi corazón dejó de latir. Su corazón hacía palpitar nuestras zonas erógenas. Ese pálpito sexual, ese pálpito de vida tan caliente, ¡tan hirviente!, era absorbido por los poros de mi piel como una cascada desembocando en un manantial. Mi elixir vital se derramaba dentro de aquella mujer y, así, su alma quedaba impregnada en mi carne. Con mis ojos aún cerrados, pude sentir como se disolvía su esencia, como desaparecía su voz, como se extinguía su calor.

Después de tomar un baño tibio para relajarme, busqué el teléfono y llamé al conserje del edificio.

—Está listo, Eddy, pueden subir.

Mientras terminaba de vestirme sonó el timbre de la casa. Miré por la mirilla de la puerta y vi que dos sujetos gruesos estaban aguardando del otro lado. Abrí la puerta.

—Buenas noches, señor Andrew, ¿podemos pasar? Venimos por el servicio especial.

Consentí, ambos sujetos entraron y les apunté mi habitación.

Como le dije a Agatha: «Odio que mi ropa quede sucia, me gusta que todas las prendas estén radiantes y sin ese olor a humo que suelen soltar después de cenar». Claro, Alfred y Eddy se encargaban de limpiar mis sábanas, alfombras y murallas después de comer.

Me asomé para mirar el trabajo de esos genios. La silueta carbonizada de la mujer estaba impregnada en mis sabanas y colchón, además de unos cuantos manchones de hollín en las paredes. Descubrí que es mucho más fácil limpiar la negrura del fuego que los pozos de sangre, aunque es cuestión de gustos.

Luego de terminar el trabajo, cada amanecer, los caballeros se retiran, no sin antes darles su pago: una hermosa y reluciente moneda de oro. Así, todos somos felices, ellos con los bolsillos llenos y yo… con algo más que mi estómago satisfecho.

ENCALLADO

Navegar… Cada vez que tenía que volver al trabajo, una sensación única me inundaba. La respiración gélida del viento soplaba sobre mí, sentía el vaivén del mar bajo mis pies, acunándome. El magistral paisaje nos recibía. Todo era inefable.

Éramos un grupo de veinte personas que conformaban la tripulación del buque SSR. Llevábamos varias semanas navegando a mar abierto, socorriendo barcos y naves pequeñas con distintos tipos de emergencia o dificultades. Teníamos un amplio radio que cubrir. Algunos días eran tranquilos, pero en otros corríamos contra el tiempo, atravesando tormentas y amplios roqueríos para llegar a nuestro destino. Nunca sabíamos lo que nos esperaba el día siguiente, pero para eso estábamos preparados… o eso creía yo.

Aquella mañana llegó con una densa niebla. El canal 16 de VHF estaba abierto (es un canal de radiocomunicación marítima que opera en los 156,8 MHz de VHF, el sistema mundial de socorro y seguridad marítimo). Recibimos el primer llamado del día… jamás pensé que ese llamado cambiaría mi vida para siempre:

—Mayday, Mayday, Mayd…

»Aquí…. Costa Esmeralda, aquí Costa Esmeralda, Cos… Esme…

»Posición -40,9800… 15, -99,0197211. Posición -40,9800515, -9… 019… 21. Posi… 40… 15, -99,0… 19…

»Tenemos un tripulante herido de gravedad, capitán inconscien…

»Pedimos asistencia médica con urgencia. Repito, con urgen...

»Carabela de tres mástiles color escarla... con una... de mascarón en la proa... estribor co...

»Mayd... Ma...

»Aquí... Cos... Esm... alda. Aquí Costa Esmeralda, Cos... Esme...

Todos nos quedamos mirando, perplejos: ¿una carabela? No se veían de esas desde el siglo XV, y menos en aquellas aguas. El capitán encogió los hombros y ordenó localizar la posición en la carta marítima y fijar rumbo a las coordenadas -40,9800515 -99,0197211.

—¡No tenemos tiempo que perder! —exclamó.

Navegamos a la velocidad máxima del SSR, 13,5 nudos (más o menos 25 km/h). A pesar de eso, llegaríamos al punto de la emergencia en una hora y treinta y cinco minutos. Solo esperaba que pudiéramos llegar a tiempo.

—Ariel, ¿qué te ocurre? No te ves muy bien.

Gustavo se acercó a mí con su maletín de primeros auxilios, listo para la acción.

—No lo sé, tengo un mal presentimiento.

Mi amigo se echó a reír.

—Tranquilo, hombre, de seguro todo saldrá bien. Hernán y yo nos encargaremos de los heridos leves; Ricardo, Jordán y Jacob, de los pacientes con riesgo vital; Nelson y tú se encargarán de revisar toda la obra viva, la parte sumergida del barco, y los demás harán lo suyo en la superficie, como siempre. ¿Qué podría salir mal? —dijo—. Vamos, Ariel, ¡sé más optimista! Además, ya estamos llegando a la emergencia, ve por tu traje.

Moví la cabeza en señal de aprobación y me fui a mi camarote para preparar las cosas y ponerme el traje de buceo.

—¡Tierra a la vista! ¡Tierra a la vista! —gritó Jorge desde estribor.

Todos corrimos hacia la proa del buque y pudimos ver un pequeño montículo de tierra que no aparecía en la carta de navegación ni en ningún mapa. Lo más extraño de todo era que el llamado se había hecho desde esa isla. ¿El Costa Esmeralda habría encallado?

Arturo, nuestro capitán, nos reunió en cubierta.

—Tendremos que desembarcar y recorrer la isla a pie en busca de sobrevivientes y de la carabela —indicó—. Lo más probable es que encallara en este pedazo de nada.

Nelson, mi compañero de buceo, levantó la mano en señal de acotación.

—Señor, pero esta isla es muy pequeña para que un barco de esa escala haya encallado —apuntó. El capitán se volteó a observar la isla.

—Sí, tienes razón. Tal vez solo desembarcaron para mantener a salvo a la tripulación y a sus heridos —sugirió—. Bueno, sea lo que sea, debemos ir a descubrirlo. ¡Bajen el ancla y preparen los botes! Tengan a mano sus equipos. No lo olviden: «Salvar la vida de otros es salvar tu propia vida a futuro».

De modo automático, todos comenzaron a movilizarse, pero el capitán nos llamó a Nelson y a mí.

—Chicos, necesito que ustedes busquen por debajo de la isla y buceen para encontrar restos del navío. Siempre debemos situarnos en el peor escenario posible —dijo. Luego nos dio una palmada en la espalda y se marchó.

Remamos hacia la isla en los botes, nadie se atrevía a pronunciar palabra alguna. Un halo de desesperanza pasó por todos nosotros. Quizás, en algún lugar de nuestro interior, percibíamos que todo estaba a punto de convertirse en la peor historia de terror que jamás se haya contado.

Descendimos de los botes y nos dividimos en tres grupos para abarcar un mayor territorio. La isla era pequeña, por lo que no nos debía tomar más de dos horas recorrerla por completo. Acordamos reunirnos pasado ese tiempo en el sitio donde habíamos desembarcado.

—Si encuentran algo o a alguien relacionado con el llamado de emergencia, lancen una bengala y todos iremos a apoyar. ¿Están de acuerdo?

Todos asentimos y nos dispusimos a avanzar por la arena. Preparamos el equipo de buceo y caminamos por la playa buscando la profundidad del mar. Al sumergirnos, mi compañero se fue por la derecha y yo tomé el camino de la izquierda. No se podía ver mucho más allá de algunos peces y corales en el piso marino. Sin embargo, mientras más avanzaba, más oscuro y solitario se volvía todo. Por debajo, la isla tenía enormes e imponentes acantilados, ¡pero del Costa Esmeralda ni luces! Luces… «¿Qué es eso que brilla en el roquerío?», me pregunté. Comencé a acercarme hacia aquello que me llamaba con su luz.

Era una lucecita de color magenta, parecía el reflejo de algo. Llevaba unos treinta metros de profundidad cuando pude alcanzarla. Al iluminarla con mi linterna, vi que se trataba de una puerta forjada en piedra rojiza muy bien pulida (de allí el reflejo y la luz). ¿Cómo podía brillar tanto una simple puerta? Intenté abrirla, pero fue inútil. Al observarla con detenimiento, pude ver una especie de cerradura lisa y muy delgada. Recordé que llevaba conmigo mi fiel cuchillo y, al tratar de introducirlo, entró como si hubiera sido la llave correcta. La puerta se abrió.

¿Saben cómo se siente flotar en la inmensidad del universo sin oxígeno?

¿Se han encontrado con la oscuridad y negrura más profunda cara a cara?

¿Alguna vez pensaron que podrían perder todos sus sentidos a raíz del pánico?

¿Alguna vez han muerto y vuelto a la vida, conscientes de lo que hay al otro lado?

Lo que encontré del otro lado de la puerta me hizo ahogar un grito de terror en mi garganta. Mis compañeros de trabajo y la tripulación del Costa Esmeralda, junto al barco, estaban flotando en lo que parecía la nada. No había agua, ni gravedad, ni oxígeno, ni peces, ni estrellas, ni absolutamente nada más que ellos.

Sus cabezas habían sido separadas de sus cuerpos y la expresión de genuino pánico había quedado grabada a fuego en sus rostros. Sus ojos estaban desorbitados y de sus bocas abiertas flotaba un hilo grueso de sangre. Sus cuerpos, o lo que quedaba de ellos, estaban desnudos, desgarrados e hinchados, como si los hubieran llenado de helio. Todos estaban unidos por un lazo amarrado a sus pies. Parecían globos sacados de una fiesta sádica y caníbal. Todos los lazos se unían, formando una cuerda que se perdía en la profundidad de la oscuridad más densa que jamás había presenciado.

La presión comenzó a tragarme y a llevarme a las entrañas de lo que fuera ese sitio. No podía gritar ni oír nada. Intenté nadar hacia la puerta, pero la presión y el nitrógeno de mi aire comprimido estaban haciendo graves estragos en mí. El miedo, el terror y el pánico me habían paralizado. Me estaba hundiendo.

Después de ese momento, nunca podré describir con exactitud lo que vi. Una especie de garra, como la de un águila, sujetaba el inicio de la cuerda. Su tamaño triplicaba el mío. Su piel, si se le puede llamar así, se asemejaba a la de un reptil. Mientras más me acercaba a la bestia, más se iluminaba el lugar. Era como una caverna de piedra rojiza y pulida a la perfección. La masa amorfa de color verdoso y escamoso gorgoteaba en tanto comenzaba a engullir, a través de una enorme ranura llena de dientes, las cabezas de los que habían sido mis amigos. Cuando llegó al último, dejó escapar un sonido agudo y espantoso tan fuerte que pude sentir que mis tímpanos explotaban, dejándome atrapado en el más profundo y doloroso silencio.

Han pasado ya treinta y dos años desde aquel diabólico acontecimiento. De los tripulantes de la SSR solo se recuperaron sus ropas. El capitán y yo fuimos los únicos sobrevivientes. ¿Por qué? No lo sé, pero me tomó muchos años poder recuperarme. Una cirugía me permitió volver a escuchar, pero solo del lado izquierdo. Del capitán, después de su retiro, nunca volví a saber.

Hoy, tres décadas más tarde, decidí acompañar a mi hijo a pescar en su lancha a mar abierto, gracias a mucha insistencia de su parte. Tenía miedo.

—Papá, no te preocupes. Verás lo bien que te hará sentir la brisa del mar otra vez. No hay nada allá abajo, solo fue la narcosis de nitrógeno que te hizo «emborrachar» y alucinar… Todo está bien —aseguró. Asentí con la cabeza.

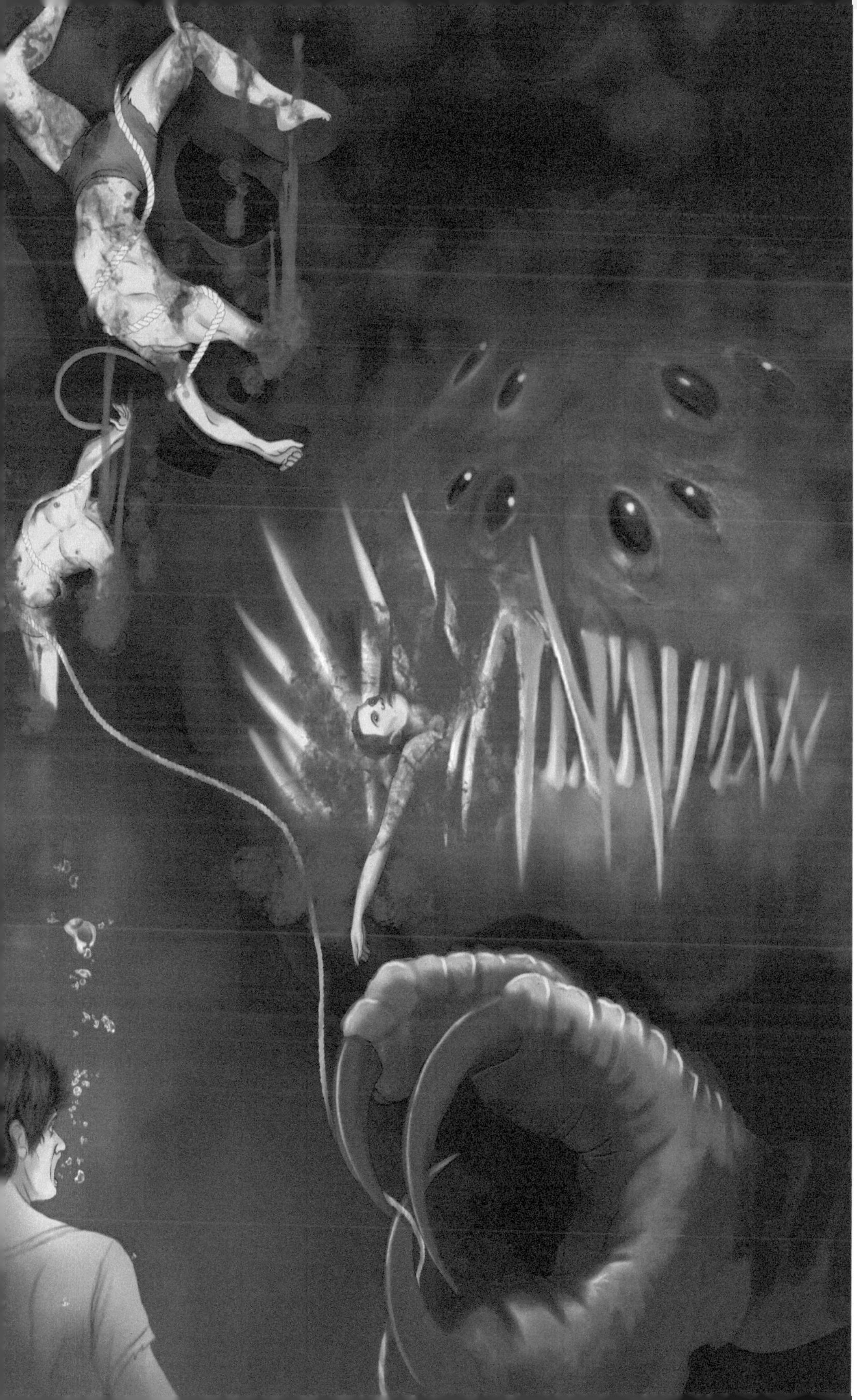

En esos años se registró la isla por arriba y por abajo, sin encontrar nada aparte de los vestigios de ropa y artefactos que llevaban mis compañeros. Al capitán y a mí nos tuvieron en investigación por mucho tiempo, pero no se llegó a nada.

Aquella mañana nos despertamos con una densa niebla.

—No te preocupes por la niebla, papá. Cuando avancemos, se irá disipando. Ya sabes cómo es esto. Pondré la radio, en caso de que pase cualquier cosa.

El canal 16 de VHF estaba abierto. De pronto, comenzó a sonar una extraña y fuerte interferencia, seguida de un mensaje de auxilio:

—Mayday, Mayday, Mayd...

»Aquí.... Costa Esmeralda, aquí Costa Esmeralda, Cos... Esme...

»Posición -40,9800... 15, -99,0197211. Posición -40,9800515, -9... 019... 21 Posi... 40... 15, -99,0... 19...

»Tenemos un tripulante herido de gravedad, capitán inconscien...

»Pedimos asistencia médica con urgencia. Repito, con urgen...

»Carabela de tres mástiles color escarla... con una... de mascarón en la proa... estribor co...

»Mayd... Ma...

»Aquí.... Cos... Esm... alda, aquí Costa Esmeralda, Cos... Esme...

—¿Escuchaste eso, papá? ¡Una carabela! No se ven de esas desde el siglo XV, y menos en estas aguas.

CAMINO DE PIEDRA

«Es difícil ser nueva en un trabajo —pensaba—. Todas tienen ya sus compañeras de equipo y conocen cómo funciona todo, incluidos los detalles más ínfimos, que casi siempre son motivos de reprimenda y, claro, comienzo con una notable desventaja. No me gusta sentirme así de incómoda, y a pesar de todas las veces que he pasado por esto, aún no me acostumbro».

—Hola, soy Astrid Castino, ¡mucho gusto!

Las chicas que estaban frente a mí parecían unas treintañeras muy risueñas.

—Hola, Astrid, soy Nora y ella es Helina. Desde hoy trabajaremos juntas. Mira, aquí la cosa no es tan fácil como de seguro te lo contó la jefa. Olvídate de salir a la hora que te dijo ella, saldrás mucho más tarde y no te pagarán esas horas extra. Solo tendrás treinta minutos para comer. Existen dos baños en esta enorme fábrica, pero están tan lejos de donde estamos nosotras que nunca tendrás el tiempo para...

La voz de Nora se me hizo cada vez más distante, hasta transformarse en un murmullo incómodo. Mis sentidos quedaron hipnotizados por la belleza de Helina. Su cabello almendrado que llegaba hasta los hombros, sus labios finos, esos grandes ojos y su pequeña estatura la convertían en una muñeca más de la fábrica.

Había entrado a trabajar a la nueva fábrica de muñecas del pueblo, que al parecer se llamaba Endúlzate. Al conocer a Helina, entendí por qué. ¡Qué ganas de beber de su dulzor!

—¡Oye, muchacha! ¿Entendiste lo que te dije? —preguntó Nora. Me costó algunos segundos retomar el hilo de la conversación, hasta que por fin subí y bajé mi cabeza en señal de afirmación—. Bueno, hoy trabajarás con Helina empacando las muñecas en sus correspondientes cajas. Debes asegurarte de que la caja esté en buen estado y de que la muñeca tenga sus accesorios antes de ponerle el sello de seguridad. Hoy me mandaron a Vestuario, tengo que diseñar nuevos vestidos y armarlos para las doncellas. Nos vemos más tarde, quedas en buenas manos.

Mi nueva compañera le hizo un gesto con la mano y se dio vuelta hacia mí.

—Te enseñaré todo lo que sé de este lugar. No te preocupes, no es difícil de aprender, solo es técnica —me dijo. Sonreí de buena gana, tendría tiempo para conocerla.

Llegamos a una enorme línea por la que llegarían las muñecas en cualquier momento. Helina me enseñó a armar las cajas y a sujetar la muñeca en su interior. Luego, aprendí a agrupar doce cajas de muñeca (cuatro filas de tres) para terminar un palé y continuar con el otro. Solo debía repetir ese patrón por ocho horas y podría irme a casa.

—Y, cuéntame, Astrid, ¿dónde vives? ¿De qué parte de Aniel eres? ¿Cómo llegaste aquí? —me interrogó. Suspiré para intentar hilar las ideas de manera que todo encajara.

—Bueno, yo vivo sola, en una casa que construí con mi hermano Luis a la orilla del lago Antumalén, al suroeste de Aniel. Muy poca gente conoce el lugar, es una zona muy rústica y solitaria. Para llegar aquí tengo que salir muy temprano —expliqué. Helina levantaba la mirada de vez en cuando para sonreírme y mostrarse sorprendida con lo que yo le contaba.

—A pesar de todo, debe ser un lugar muy hermoso —comentó.

—Puedes venir a mi casa cuando quieras —me apresuré a responder—. Imagina esto: beber algo a la orilla del lago escuchando los grillos mientras se come algo rico a la luz de los farolitos que brillan tenuemente y se ven las estrellas caer, una tras otra.

Al decirle todo eso, el destino se encargó de pegar nuestras miradas. Una especie de hipnosis cayó sobre ambas. Tal vez ni siquiera necesité pestañar, estábamos en trance. Lo único capaz de romper nuestro intimidante estado fue el estruendo de una de las cajas al caer al suelo. La muñeca en su interior se hizo pedazos. Ambas nos agachamos para recoger las partes de porcelana fina de aquella muñeca fracturada. Podía percibir que ella procesaba todo el momento que había ocurrido al tiempo que juntaba los pedazos.

«¡Qué curioso! —pensé—. Es una buena paradoja: si te descuidas, algo se rompe y, por más que tengas todas sus partes, ya no podrás armarlo para que quede como antes, porque siempre estará roto. A veces quisiera que todo fuera distinto. Quiero detenerme, pero ¡no puedo! Yo también estoy quebrada».

—Suena increíble tu plan. Me gustaría mucho. Es más, ¡lo necesito! —exclamó. Mi corazón se aceleró con brusquedad. Intenté frenar mis impulsos, respiré profundo y, con calma, respondí:

—¡Claro! Cuando tú quieras.

Pasó un mes desde que entré a trabajar en esa porquería de fábrica (menos mal, ya queda poco para que todo termine) y desde mi primer encuentro y mi primera conversación con aquella mujer que me tenía loca. Ya no aguantaba las ganas de hacerla mía. Por fin había llegado el día: Helina vendría a casa. «¡Debo preparar todo! —me dije—. Todo debe ser perfecto, como siempre».

Los viernes salíamos temprano de la fábrica, así que pasamos a comprar una botella de agua y cigarros. El camino, igual, era largo. Mantuvimos conversaciones de toda índole y nos reímos bastante con algunos chistes que ella hacía sobre ciertas situaciones. Después de un buen rato, pude ver el camino de piedra que conducía a mi casa y a la de mi hermano. Era el único camino que existía por estos lados y solo se dividía en una enorme bifurcación para separar nuestras casas. Esa calzada empedrada nos tenía a nosotros como destino único. «Si lo piensas bien —solía decirme—, es bastante irónico: todas llegan aquí buscando la paz que tanto necesitan… y es justo a lo que conduce este camino de piedra». No existía nada más en tres kilómetros a la redonda, así que los gritos se los comía el silencio.

Después de una hora de caminata, por fin llegamos a casa. Abrimos una botella de espumante y comimos papas rústicas con salsa verde que ella preparó con hierbas y champiñones de su jardín. La escuchaba hablar, reír, hablar y volver a reír. Me gustaba mucho. De pronto, después de varios vasos, tomó mi mano y me pidió que la llevara al lago. Fue entonces cuando la situación se volvió extraña para mí. Al salir al jardín, ella me guio a la orilla del lago y buscó una roca alta para sentarse. Aunque no era fácil encontrar el camino al lago, ella parecía conocerlo muy bien. ¿Por qué?

Me llamó desde arriba para que me sentara con ella. Cuando subí, la miré con intriga. Ella tomó mi mano y la acarició con suavidad, luego me sostuvo el rostro y me besó. En ese momento, mi mente quedó en blanco. La tomé de la cintura y la atraje a mí. Esos minutos se transformaron en una eternidad, en una maravillosa eternidad.

—¿Sabes, Astrid? —dijo a milímetros de mi boca—. Esta roca es mi lugar favorito de todo este lago, desde aquí se puede ver la garganta humeante del volcán en la cima de la montaña Volus. También desde aquí se puede ver, a medianoche, como caen las estrellas del firmamento una tras otra. ¿Sabes qué más se puede ver desde aquí? —preguntó. Algo dentro de mí se estremeció con violencia, ¿quién mierda era esa mujer?

»Bueno, también pude verte a ti, Astrid. A ti, lanzando un cadáver al lago, el cadáver de la chica que trabajaba contigo en tu antiguo trabajo. Dime algo, ¿cuántas chicas más desfilaron por el camino de piedra para formar tu cementerio acuático personal? Porque creo que te vi unas dos o tres veces hacer lo mismo. ¡Tú no pierdes el tiempo! Si me trajiste aquí con aquella finalidad, debo decirte, mi hermosa Astrid, que no seré yo quien compre terreno en tu camposanto. Esta vez… serás tú.

¡Enloquecí! Tomé su garganta con ambas manos y la apreté con fuerza. Ella reía y tosía, reía y tosía. De pronto y sin advertencia, mis manos comenzaron a ceder. Perdí la fuerza y mis sentidos me fallaron. Todo a mi alrededor se volvía borroso poco a poco. Mi lengua se atascó dentro de mi boca, mi corazón se desenfrenó y me dolía dentro del cuerpo, que ahora se quemaba por completo. Sentí las ampollas cubrir mi piel y caí a su lado. Miré a Helina, quien hizo un gesto con su mano para ver su reloj.

—Oh, ¡justo a tiempo! ¡Salvada por la hiedra del diablo! Ah, Astrid, olvidé preguntarte si te había gustado mi salsa verde, ¿no te dije que tenía una alta concentración de esta hierba venenosa? Creo que olvidé mencionarlo, pero bueno… Lamento que nuestra cita terminara aquí, de verdad me gustabas mucho, pero no escuchaste a tu hermano: era hora de parar. ¿Sabes cuándo era el momento de hacerlo? Cuando tomaste a mi hermana, Érika, en tus manos y la arrojaste al lago sin que te importaran sus súplicas pidiéndote que por favor no lo hicieras. Dale créditos a Luis por esa noche, fue él quien me detuvo cuando quise saltar sobre ti y molerte a golpes. Después de que te fuiste, sacamos a Erika, pero con las estocadas que le diste, era imposible que sobreviviera. Ahora yace en tu reino submarino, justo en la necrópolis adonde irás tú a reinar.

Lo último que sentí fue su mano tibia tomar la mía y arrastrarme entre piedras y ramas espinadas hasta la orilla del lago. Allí me empujó con uno de sus pies al agua, que ya no sentía fría. La luz de las estrellitas al caer marcando la medianoche fue lo único que iluminó las sombras de la necrópolis. Al tocar el fondo, vi el rostro de Erika en un fugaz destello. Parecía que sonreía.

CAZADORA

¡Los inx son criaturas despiadadas, horribles y malvadas! Podría decirse que su aspecto se asemeja al de una langosta o al de una mantis religiosa, pero en realidad no se parecen a nada que haya visto alguna vez. Son cazadores por naturaleza y aman el sabor de la carne. Por manos tienen unos enormes punzones color carmesí que pueden atravesar lo que sea en un dos por tres. Su cuerpo está cubierto por lo que da la impresión de ser la corteza de algún árbol nativo. Tienen espolones gruesos en el dorso que les sirven muy bien como un escudo impenetrable. Sus patas traseras, con tibias y fémures alargados, los hacen perfectos saltadores, considerando que miden al menos un metro y cincuenta centímetros. No tenemos muchas opciones de salir vivos en un encuentro cercano con alguno de estos monstruos.

Soy Karmilla y esas bestias eran mi pasión. Pasé más de diez años intentando capturar uno, pero son demasiado escurridizos. La vez que estuve más cerca de atrapar uno de ellos, el inx se comió a mi compañera de equipo. Hoy lo cuento para que todo el mundo sepa que los inx son reales y son más terribles de lo que puedo plasmar en estas líneas, ya verán de lo que hablo…

Aquel día recibí la llamada de una mujer diciéndome que en su patio habían comenzado a aparecer agujeros inexplicables y sonidos parecidos a los de un murciélago, pero más cortos e intensos. Entonces tomé mi auto y partí rumbo al día que marcaría mi vida para siempre.

—¿Usted es Loreto? Soy Karmilla, vengo a ver su problema del patio.

La señorita no tenía más de treinta años y era de baja estatura. Sus ojos, verdosos como un estanque de peces, resaltaban en su rostro color canela.

—Qué bueno que llegó, ¡estoy tan asustada! Ya no me queda ni una sola vaca, ni tampoco gallinas, cerdos ni caballos ¡No encuentro a ninguno de mis animales! Todos han desaparecido y es debido a esas cosas, ¡estoy segura!

Los inx también comen animales, sobre todo cerdos. Dicen que su sabor es semejante al de la carne humana. De verdad, los inx son unos monstruos terroríficos.

—Quédese tranquila, yo me haré cargo de su problema, no se preocupe. ¿Me podría mostrar los agujeros en el patio?

Caminamos por el angosto pasillo de su casa hasta llegar al vasto terreno que tenía por patio. Una vista hermosa me recibió: el campo verde, los cerros de fondo y árboles frutales por doquier… todo se veía muy bien.

—Mire, señora Karmilla, detrás del roble, llegando al fondo, están los agujeros que le digo. De allí viene ese sonido endiablado.

Miré al horizonte. El imponente árbol estaba ahí, esperándome. Loreto no quiso acompañarme, dijo que prefería quedarse donde se sentía segura, así que se sentó en el umbral de la puerta del patio. Yo le hice un gesto con la cabeza en señal de aprobación y me dirigí al lugar señalado. Mientras más me acercaba, más grande y grueso se veía el roble. Sus tupidas hojas sombreaban de forma tenebrosa gran parte del terreno que lo rodeaba, y el viento del norte lo hacía moverse en un lento vaivén de intimidación y misterio.

Un frío recorrió gran parte de mi columna al ver en el suelo los piquetes y grietas que tenía el terreno. En esa parte del sitio no crecía pasto y la tierra desnuda me mostraba sus heridas profundas. Más de cincuenta agujeros perforados en el piso me hicieron darme cuenta de que estaba parada sobre un nido gigantesco de inx.

—¡Demonios! Jamás he visto nada parecido, ¡estoy sobre el infierno mismo!

Las criaturas salen durante la noche, porque la luz las desorienta. Para ese momento quedaban, al menos, dos horas hasta que el sol se pusiera. ¡Debía actuar de prisa!

Me di la vuelta y retrocedí despacio sobre mis pasos, pero un sonido ya familiar me cortó el aire. Fue entonces cuando noté que estaba bajo el manto oscuro del tupido roble, lo que me convertía en presa fácil aun de día.

TLI, TLI, TLI.

TLI, TLI, TLI.

TLI, TLI, TLI, TLI, TLI.

TLI, TLI, TLI, TLI, TLI, TLI, TLI, TLI, TLI, TLI.

TLI tli TLI tli

TLI tli TLI

No existe en el mundo adrenalina más poderosa que el sonido de un inx saliendo del nido a cazar. Corrí, corrí lo más rápido que me lo permitieron mis piernas para salir de las oscuras

entrañas del árbol maldito. Detrás de mí, miles de punzadas penetraban la tierra con violencia, intentando alcanzarme. De pronto, la luz del sol, como un manto protector, tomó mi mano y me expulsó del peligro. Al darme la vuelta y mirar atrás, cientos de inx se agolpaban bajo el roble para buscarme. Nunca había visto algo igual. Si mi compañera hubiera estado viva, ¡de esta sí que no hubiera salido! Ni ella ni yo.

Al aproximarme a la casa, noté la ausencia de Loreto en la puerta trasera. ¡Es más!, toda la casa estaba cerrada, como si nadie la hubiera habitado en siglos. Busqué con la mirada una puerta o una ventana abierta por donde entrar y refugiarme, pero mientras más me acercaba, más desolado y abandonado parecía. No recordaba que el lugar se viera así.

La adrenalina no me permitió dejar de correr. Me abalancé sobre la puerta del patio con uno de mis hombros por delante, saqué la puerta del marco y logré ingresar. Caí al suelo, levantando una gran columna de polvo. Al voltearme, miré por el dintel y divisé que todo estaba en calma, el enorme roble se movía de forma aletargada con el suspiro del viento y de los inx. ¡Nada! Me puse de pie y me sacudí el polvo de la ropa. Tenía punzadas agudas de dolor en el brazo. Intenté mitigarlas desviando el pensamiento a mi situación actual. Miré a mí alrededor, la casa estaba vacía, no tenía muebles ni decoraciones y una gruesa capa de polvo cubría el piso y las paredes.

«No puede ser —pensé—, si hace un rato esta casa estaba habitada por... ¿Cómo se llamaba la chica? ¡Demonios! No puedo recordarlo. ¿Qué está pasando aquí?». Recorrí las habitaciones y no encontré nada más que el esqueleto de lo que era una cama de metal oxidado con los años. Solo resaltaban los puntudos resortes mohosos del colchón. «Debo salir de aquí» me dije.

La noche ya estaba cayendo, así que corrí al auto, me subí y, cuando intenté ponerlo a andar, vi, para mi asombro, que una luz se encendió dentro de la casa y una silueta femenina se asomó por la puerta principal.

—¡Karmilla! ¡Karmilla! No te vayas, ¡ayúdame!

Mis ojos se abrieron de par en par al ver a la mujer corriendo hacia mí. Sin pensarlo, me bajé y ella me abrazó fuerte.

—¡No me dejes, no te vayas! —suplicó. Sus brazos se aferraron con fuerza a mi cuerpo mientras lloraba con ahogo—. ¡Quédate conmigo! ¡No me dejes, por favor!

La chica de ojos verdes me tomó de la mano y me llevó de vuelta a la casa, que ahora estaba amoblada a la perfección, limpia y muy iluminada. Me sentí muy confundida y con náuseas. Mi cabeza daba vueltas al pensar en lo que había pasado, ¿lo habría imaginado?

—Lo siento, pero no recuerdo tu nombre… —le dije. Ella me miró a los ojos.

—Loreto, me llamo Loreto —respondió—. Karmilla, gracias por quedarte conmigo esta noche —agregó. El reloj marcó la medianoche y el silencio comenzó a resquebrajarse lentamente—. ¿Qué es ese ruido? —preguntó, aferrándose de uno de mis brazos. El sonido era inconfundible: los inx estaban rodeando la casa.

—¡Estamos en peligro! Afuera debe haber más de cien inx acechándonos, debemos mantener todas las luces encendidas. Tengo mi arma cargada, no te separes de mí.

La chica asintió con la cabeza, su cuerpo entero temblaba de miedo y su piel canela era ahora de un color amarillo pálido. Estaba presa del pánico.

—Karmilla, debo ir a mi habitación

La miré con extrañeza. Ella avanzó por el pasillo con un paso entorpecido por los temblores de su cuerpo. Luego desapareció por una de las puertas.

—¡Oye! No te demores mucho, no debemos separarnos.

Dicho eso, escuché un grito gutural proveniente de su habitación. Me levanté y corrí a su encuentro. Lo que vi esa noche… ahogó un grito en mi garganta que hasta el día de hoy no puedo sacar. La mujer estaba desnuda, con dos inx colgando de sus pechos. Los amamantaba con su sangre mientras más de esas bestias aguardaban su turno para alimentarse. Entre sus gritos, decía: «¡No les dispares, pero haz que se detengan!».

Quedé paralizada. Uno tras otro, los inx le succionaban los pechos. Entre las penumbras de aquel cuarto, pude ver el catre de metal oxidado por donde salían esos monstruos. Miré a mi alrededor, todo había desaparecido. Estaba parada sobre las columnas de polvo y abandono de esa casucha, en medio de la nada.

—¡Estos son mis hijos, Karmilla! ¡Ellos son mis bebés!

Su risa diabólica se mezcló con unos gritos de dolor que nunca podré sacar de mis tímpanos. Después de ver como de entre sus piernas salían dos enormes tenazas de color carmesí junto a un bulto envuelto en una membrana gelatinosa, me desmayé.

Nunca supe cómo sobreviví a esa noche tan retorcida y aberrante. A la mañana siguiente, me desperté tirada en medio de la sala con mi blusa y pantalones rasgados y cortes prominentes. Ninguno era grave, pero los tenía por todo mi cuerpo. Cuando pude incorporarme, fui a la habitación de esa mujer y, al correr el catre, encontré la entrada a la madriguera de los inx junto a un gran charco de sangre y fluidos de un color y olor repugnante.

Han pasados ya varios meses desde aquel incidente en la casa del campo. No volví a volcar mi búsqueda de esas bestias, decidí esperar un tiempo, sanarme a mí misma e intentar recuperar mi voz, ya que la perdí aquel día. Sí, quedé muda por algún tiempo a raíz del trauma que me ocasionó toda la situación. Hace unos días recibí la llamada de una mujer de nombre Loreto que me pedía hacerle un trabajo en su casa, pero me negué. Aún no estoy lista.

Escribo estas líneas para dejar testimonio plasmado de lo que ocurrió aquel día con la mujer de ojos verdes, cuyo nombre, por alguna razón, no puedo recordar. Pero creo que eso ya no tiene importancia, todavía tengo mucho dolor, en especial un dolor extraño en mi vientre, muy raro e intenso, que llevo desde hace unos días. El doctor del pueblo me dijo que eran contracciones, pero yo le aseguré que no estaba embarazada...

No lo estoy.

No puedo.

No puede ser.

¿O sí?

MALDITA LA LUNA

La llegada un hijo es la noticia más maravillosa que una mujer podría recibir. Sentir como nada dentro de las aguas más profundas de tu ser es una sensación mágica e incomparable. Pero cuando ese nado tan calmo se convierte en un desesperado intento de sobrevivir, como un náufrago en medio de una tormenta en el mar, tus entrañas sufren… tus entrañas sangran profusamente, tu interior se destruye. Entonces la madre también naufraga en aquel diluvio, en una muerte inminente.

• • •

Caminaba por el bosque descalza. Mis pies ensangrentados y astillados no daban más del cansancio, y por mis piernas corría líquido amniótico. Mi bebé nacería en cualquier momento y aún no podía llegar al camino para conseguir ayuda. Para empeorar las cosas, el sol miraba con tristeza desde las montañas mi dolor y no podía hacer más que irse para no ser testigo de mi lamentable circunstancia.

Las contracciones frenaban mi errático andar y la oscuridad terminó por envolverme con su velo, dejándome en el suelo con la cara hundida entre la tierra y las hojas. Aferré mi vientre con las pocas fuerzas que me quedaban. El dolor era brutal, insoportable. Cada cierto tiempo podía sentir mi carne despedazándose e intentando abrirse. El bosque estaba en silencio, expectante, y por mis piernas comenzó a chorrear una gran cantidad de sangre. Había llegado el momento.

Intenté levantarme y me aferré a un árbol, me puse en cuclillas y pujé. Cada pujo iba acompañado del grito más profundo y sobrecogedor que mi alma podía soltar en ese minuto. Después de cada clamor, el silencio era tan penetrante que pensaba haberme quedado sorda.

Otro pujo, otro grito, otra vez silencio.

Otro pujo, otro grito, otra vez silencio.

Otro pujo, otro grito, otra vez silencio.

Otro pujo.

Otro grito...

Y el aullido de un lobo.

Otro pujo.

Otro grito.

Y otros aullidos comenzaron a escucharse cada vez más cerca.

Otro pujo.

Otro grito.

Y destellos brillantes empezaron a rodearme. Los lobos me miraban con fijeza.

Otro pujo.

Intenté no gritar, pero me fue imposible.

Uno de los lobos se aproximó a mí lentamente.

Podía tocar la cabeza de mi bebé, que ya estaba afuera.

Otro pujo.

El último.

Atajé al niño con mis manos antes de que golpeara el suelo. Lo atraje a mi pecho con fuerza, aún estábamos unidos por el cordón umbilical. El animal se encontraba a pocos centímetros de nosotros; otro, por detrás, nos gruñía con ira. Me hinqué en el suelo con mi niño en los brazos, quien empezó a llorar.

—Mi nombre es Iliria y soy un espíritu de este bosque, al igual que ustedes. Les ruego que no nos maten y sigan su camino.

Agaché mi cabeza y besé la cabeza de mi hijo, ese podría ser el único momento que viviría con él, ese podría ser el fin para ambos. Un gruñido atronador estremeció mi alma, un gruñido profundo e intenso que desgajaba mi piel, un gruñido que se transformó en aullido y que luego pasó a ser una voz, ronca y clara:

—Toma a tu primogénito y vete. No te daremos otra oportunidad.

Les hice un gesto de gratitud y me levanté. Una última contracción terminó por hacer que la placenta saliera de mí. Como agradecimiento, después de cortar el cordón, se las dejé de ofrenda.

Intenté alejarme lo máximo posible de ellos. ¿De quién era aquella voz que me había hablado en el bosque y me había dado la oportunidad de vivir, de que mi hijo viviera? Algún día, regresaría para agradecérselo, como fuese y fuera quien fuera.

Habían pasado cinco años desde aquel encuentro con los lobos y el nacimiento de Máximo. Su niñez, hasta ese punto, fue siempre tranquila y muy feliz. Sus hermosos ojos verdes y su cabello rizado lo hacían ver como un niño precioso y adorable. Siempre fue muy inteligente, a pesar de su corta edad. Leer y escribir nunca fue un problema. Vivíamos solos en medio de la bella vegetación que el bosque podría brindarnos.

¿El padre de mi hijo? No sabía dónde estaba, Máximo fue el resultado de una relación espontánea que surgió un día que bajé al pueblo por algunos víveres. Lo vi y creí en el amor a primera vista, y pensé que a él también le había pasado. Pero después de entregarme a él, nunca más volví a verlo. Quizá fue un fauno del bosque, o un tipo que solo necesitaba satisfacer su hambre animal, no lo sé. Máximo es la copia viviente del que fue su padre.

Y llegó aquel día, aquella noche, la más terrorífica de mi vida. Máximo despertó en medio de las penumbras vociferando un nombre: «¡Godwin! ¡Godwin! ¡Godwin!», como si estuviera evocando algo, a alguien. A los pocos minutos, cuando logré calmarlo, le pregunté quién era Godwin. Su respuesta marcó mi vida para siempre.

—Godwin es mi padre.

Casi de inmediato, unos aullidos comenzaron a sonar alrededor de la casa. Parecía una sirena anunciando una catástrofe. El miedo me invadió, los lobos estaban acechando mi hogar y Máximo corría peligro.

—Rápido, hijo, entra al sótano y no salgas de ahí —indiqué.

Un sonido estrepitoso me dio a entender que la puerta frontal había sido abierta con sublime fuerza. Los lobos estaban dentro. Tomé a Máximo por la cintura y corrí con él hacia la puerta trasera, el sótano ya no era una opción. Unas manos de color canela, grandes como garras, tomaron a mi hijo, arrebatándomelo. Me giré y alcé mi mano para golpear al sujeto, pero no pude hacerlo, era Sebastián —o, al menos, con ese nombre lo conocí yo—, el padre de Máximo. El aullido de los lobos no cesaba. Sebastián me miró con seriedad, con esos ojos azules que encandilaban como un cielo de verano.

—¿Qué haces aquí? —le pregunté—. ¿Cómo nos encontraste?

La expresión de aquel hombre grande y robusto no cambiaba. Estaba serio, como si algo muy malo estuviera a punto de pasar. Dio media vuelta y abrió una de las cortinas, la luz de una luna llena roja entró por la ventana, bañando la piel de mi hijo y la suya. Máximo miró al que era su padre y le dijo: «Godwin». Este abrió la boca y, con una voz muy ronca, le respondió:

—Sí, querido hijo, soy yo. Es momento de que nos vayamos.

Al escucharlo, corrí hacia él sin pensarlo. Solo quería impedir que se lo llevara, pero este dio un paso al frente para detenerme. Comenzó a gruñir. Era un gruñido tan profundo e intenso que desgajaba mi piel, un gruñido que se transformó en aullido. Su piel también se transformó, sus manos… ¡ya no eran manos, eran unas enormes patas! Y sus bellos labios se habían convertido en un hocico prominente lleno de afilados dientes. Sus ojos azules eran los de un canino enorme con un pelaje dorado como la luz del sol.

—¡Máximo! —grité, pero ya era tarde.

Detrás de Godwin estaba mi hijo, pero ya no era mi niñito bello, el hijo de mis entrañas. Era un cachorro de lobo que, sin pensarlo dos veces, saltó por la ventana con su padre. Ambos se perdieron en el bosque.

Han pasado cincuenta y siete años desde la última vez que vi a mi hijo. El dolor de perderlo jamás amainó con el paso de las décadas. Nunca más volví a ver su sonrisa, sus ojos de encantadora belleza. Mi Máximo… Han pasado 684 lunas llenas desde ese maldito día. 684 veces he recorrido el bosque con desesperación para encontrar a mi hijo, y hoy que mi vida mengua, no tuve la dicha de encontrarlo.

Miro las montañas tragándose el sol. Desde el este, la calva luna sale y asciende despacio en el cielo para recordarme mi condena. Hoy no saldré. Hoy, a mis setenta y seis años, ya no me quedan fuerzas para adentrarme en ese maldito bosque con esa maldita luna.

Tomé un poco de agua y me fui a acostar. Una serena sensación de descanso inundó mi cuerpo. Cerré los ojos y entregué mi vida, esperando que mi hijo cruzara el umbral en un último instante para verlo por última vez. Pero aquello no ocurrió. La muerte vino antes. Me llevó en mi perpetua soledad, entre la luz de la luna y mi eterno desconsuelo.

«SE BUSCA»

Paseábamos por terrenos inhóspitos sin que nadie interrumpiera nuestro camino. La motocicleta ronroneaba como un gato y el viento nos empujaba con fuerza sin la intención de dañarnos, sino, más bien, con ese ímpetu de hacernos desertar de nuestro destino, ¿por qué? En ese momento no lo sabía. De lo contrario, jamás hubiera salido de casa.

Pasábamos por debajo de un puente cuando una imagen llamó con fuerza mi atención. Desde uno de sus pilares de maciza roca colgaba un papel desgastado que por título tenía: «Se busca». No alcancé a distinguir bien al sujeto, pero, por alguna razón desconocida, me invadió de pies a cabeza un hormigueo extraño. Como íbamos a una velocidad considerable, solo me quedó esa sensación de incertidumbre y confusión. El hombre tenía algo que se me hacía familiar, pero ¿qué?

—Marlen, ¿quieres que nos detengamos a comprar algo? —gritó Gustavo, bajando la velocidad.

—Sí quiero, así estiramos un poco las piernas.

El paisaje del lugar donde nos detuvimos nos daba la sensación de estar encerrados entre cerros arenosos, cactus y espinos. Ese pequeño pueblito no tenía mucho más que ofrecer.

Caminamos un trecho no muy largo hasta encontrarnos con un negocio de abarrotes y artículos de aseo. Dentro, una señora de muy avanzada edad lo atendía.

—¿Qué desean, jóvenes? —preguntó con voz dulce la anciana.

Gustavo me miró y yo le dije que solo quería una botella de agua y una cajetilla de cigarrillos, ya que en la mía solo quedaba uno. Le hice un gesto a mi pareja para avisarle que saldría a fumar. Él me guiñó un ojo y siguió comprando.

Encendí el cigarrillo y aspiré profundo. Cerré los ojos, disfrutando el momento, y dejé salir el humo con suma tranquilidad. A pesar de la pobreza del paisaje, se sentía bastante bien estar ahí. Recorrí con la vista el sector y me percaté de que, por la calle del frente, uno de los postes de luz tenía pegado un papel desgastado. En el folleto solo se alcanzaba a ver la mitad del mensaje: «Se busca». La imagen del sujeto desaparecido no estaba. Solo era posible leer la mitad de la información:

Buscamos a Andrés Gal… en el sector de las palmas dorad…
desesperados, cualquier inf… familia Galaz González

«Galaz González —pensé—, me suena».

—Marlen, vamos —me llamó Gustavo—. Estamos listos, ponte el casco.

Al voltearme, vi que la pared del lado derecho del negocio estaba tapizada con folletos desesperados de «Se busca». Esta vez, la foto del joven estaba por todas partes, mirándome con fijeza. Corrí para verlo mejor.

—¡Es Andrés! —grité. Gustavo se me acercó.

—¿Lo conoces?

Me llevé las manos a la boca, ahogando un grito de sorpresa y espanto. Esta vez, podía leer la información completa:

Buscamos a Andrés Galaz González, nuestro hijo de veintiocho años, visto por última vez en el sector de las Palmas Doradas el pasado 18 de julio. Como familia, estamos desesperados.

SE VENDE
PAN AMASADO

Cualquier información, por favor comunicarse con nosotros, familia Galaz González, al número 996009550.

—Andrés es mi antigua pareja. No puedo creer que esté desaparecido. ¿Qué le habrá ocurrido? —dije. Gustavo me tomó del hombro.

—¿Estás segura de que es él?

Asentí con la cabeza, ¿cómo no iba a reconocer al hombre que más había amado en mi vida? Claro que Gustavo no lo sabía, no podía contarle que el día que todo terminó, creí que moriría, que pasé años vagando bajo su sombra y llorando su recuerdo, sintiéndome culpable. Hasta que lo conocí a él.

—Marlen, ¿hace cuánto que no lo ves? —inquirió.

Mis ojos se fijaron en los de mi pareja, pero mi visión se fue al recuerdo de esa fría mañana de invierno cuando, después de dejarle escrita una carta sobre la mesa de la cocina, me marché para luego despedirlo para siempre.

—Hace unos doce años —respondí. Gustavo frunció el ceño.

—¿Quieres llamar y averiguar qué ocurrió? —sugirió. Yo asentí con la cabeza—. Ya... Mira, adentro, la señora tiene un teléfono. Ten una moneda, y aquí tienes el número.

Arrancó unos de los papeles de «Se busca». Entré apresurada, tomé el teléfono y marqué al número.

—¿Y? —preguntó Gustavo cuando salí del negocio. Negué con la cabeza.

—No existe el número —respondí. Mi pareja perdió su mirada en los cerros lejanos, parecía estar pensando algo importante.

—Espérame aquí —indicó. Volvió al negocio y yo encendí uno de los cigarrillos de mi caja nueva.

Después de varios minutos y un par de cigarrillos, Gustavo salió del negocio.

—Marlen, este hombre lleva más de diez años desaparecido. Por más que la familia acudió a la policía, nunca pudieron encontrarlo, o al menos es lo que se sabe en el pueblo. Ahora, si lo encontraron en estos años, los pueblerinos no están al tanto. La señora dice que es probable que el número ya no exista, por el tiempo que ha pasado. ¿Qué quieres hacer?

Se me revolvió el estómago, no podía creer que eso estuviera pasando.

—Cuando volvamos a casa, iré a verlo. No recuerdo muy bien dónde vivía, pero lo intentaré. Debo saber qué fue lo que ocurrió.

Mi pareja me abrazó, dándome el apoyo que, en silencio, tanto necesitaba.

Pasamos un fin de semana increíble. Caminamos por un bosque, fuimos a un enorme lago y luego a la playa. Todo hubiera sido perfecto, ¡perfecto!, de no ser por el recuerdo de Andrés, que cada tanto aparecía como fantasma en el dintel de una puerta. «¿Por qué tuvo que aparecer en mi vida otra vez y de esta manera?», me preguntaba.

Al volver de nuestras improvisadas vacaciones, Gustavo me preguntó si quería que me acompañara a la casa de Andrés, pero me negué. Era algo que debía hacer sola.

Después de un viaje de poco menos de una hora, llegué al sector donde recordaba haber visto a Andrés por última vez, el día que escribí aquella carta y preparé todo con tanto cuidado.

El día que morí con el corazón estrangulado. Todo eso llevaba a mi mente ese paradójico lugar. «Aquí te vi por última vez y aquí te tengo que volver a encontrar —pensé—. No hay más».

Después de andar un trecho más o menos corto por un camino polvoriento, pude divisar una enorme roca y, detrás, en un espacio poco visible, estaba la entrada a la cueva donde siempre me encontraba en secreto con Andrés.

—¡Andrés! —exclamé. Ahí estaba, justo donde lo vi por última vez, en nuestro lugar favorito—. ¡Oh, Andrés! Déjame abrazarte, sé que han pasado muchos años, pero vi un papel que decía que estabas desaparecido y que te estaban buscando. No te imaginas la desesperación que sentí cuando vi tu hermoso rostro en esos folletos, esa angustia de pensar que alguien pudo encontrarte, cariño. ¡No sabes la alegría que me da volver a verte! Aunque debo ponerte al día con algunas cosas.

»Cuando llamé por teléfono al número que salía en el papel, me contestó la voz de una mujer que yo no conocía. Al preguntar por tu madre, esta persona me informó que la señora Clarisa se había suicidado después de años de profundo dolor por tu aparente desaparición. Le mentí a mi pareja, ¡solo por ti!, para que nadie más supiera de aquella increíble noticia. ¡Tú debías ser el primero! ¡Cuánto lo lamento, amor mío! Pero no te preocupes, yo estaré aquí para lo que necesites, para siempre.

Besé su frente cadavérica, acomodé las piedras de nuevo y me devolví por detrás de la enorme roca con paso firme y un cigarrillo en la boca. Pasé por el camino de tierra y, luego, por la entrada secreta. De no ser por una pequeña cueva que descendía y ascendía entre las rocas, jamás habría podido cruzar el río que, con sus fuertes corrientes y afiladas rocas, se había tragado a tantas personas. Ese gigante de agua separaba la ciudad de la desolación de las montañas. Nadie iba allí, solo Andrés y yo. Ese era nuestro lugar especial, y así debía quedarse para siempre.

Me alegré de haber visto a Andrés. Gustavo estaría feliz de saber que todo estaba bien, y debía seguir igual. De lo contrario, alguien más aparecería en los folletos de desaparecidos.

TIERRA REMOVIDA

La angustia y ansiedad apretaban mi cuello, estrangulándome. La incertidumbre me mataba. La traición me apuñalaba el corazón. «¿Qué debo hacer? —me pregunté—. ¿Qué debo hacer con estos hoyos en mi patio trasero?».

. . .

Era un día común y corriente, nada me hizo sospechar que algo podría ser diferente, que algo podría cambiar toda una vida de un segundo a otro. Me levanté aquella mañana de martes como todos días, preparé un café y le dejé un emparedado a mi novia, que saldría en diez minutos a su trabajo. Me gustaba ser atento con ella. En todos los años que llevábamos juntos, habíamos pasado la mayor parte del tiempo bien y contentos. Ella era perfecta para mí.

Llegué al trabajo y, como cada martes de la primera semana del mes, un montón de papeles me esperaban sobre el escritorio. Llevaba tiempo siguiendo el mismo ritmo, el hombre es un animal de costumbre.

—Enrique, necesito que me entregues el papel que acredita el título de ingeniería que tienes. Te lo pedí ayer, ¿lo trajiste?

Cerré con fuerza mis ojos y me llevé una mano a la frente.

—¡Lo olvidé! Pero, jefe, si me da permiso, puedo ir a mi casa y volver en diez minutos.

Don Aurelio era un buen hombre, y yo nunca había faltado a mi trabajo. Me tenía gran estima.

—Bueno, Enrique, pero apresúrese.

Así comenzó todo.

Si no hubiera olvidado ese papel tan insignificante…

Si hubiera hecho más ruido, quizás, al llegar a la casa…

Si no hubiera sido tan estúpido…

Entré a mi casa y fui directo al mesón de la cocina, donde había dejado olvidada la carpeta con el maldito papel que me pedía don Aurelio. Cuando me disponía a salir, noté, a los pies de la escalera, unos bototos de hombre que no eran míos. Sentí que mis oídos se agudizaron y que el silencio rotundo no era más que un montaje de mi cerebro para ocultar la verdad de la escena auditiva. Unos quejidos y suspiros se escuchaban desde el segundo piso. «Karina», pensé inmediatamente.

Cada paso que di hasta llegar a la cima de la escalera y pararme frente a la puerta del dormitorio fue como escalar un volcán pisando lava hirviente con pies descalzos. Giré el picaporte con cautela y dejé que la puerta se abriera sola.

Solo tengo una escena en mi cabeza: mi novia, Karina, sobre nuestra cama, con sus rodillas en el colchón y sus manos en la pared, y él, detrás de ella, tomando sus caderas con fuerza y realizando un movimiento pendular violento que la hacía gemir con ganas. Ambos me daban la espalda, así que no me vieron.

¡Qué les puedo decir! Escuché mi corazón romperse sin piedad. Mi mente clamaba con furia venganza por la herida mortal de su compañero. Mis ojos se nublaron entre lágrimas y mis manos se empuñaron con tanta fuerza que mis uñas cortaron la carne. De pronto, el dolor se volvió imperceptible.

Bajé sin que se dieran cuenta, recogí los bototos del hombre y los escondí en el armario de la despensa. Tomé un bate y me dispuse a esperar detrás de la puerta de la cocina.

—Lucas, cariño, ¿dónde dijiste que dejaste tus zapatos? —preguntó la voz de la que había sido mi novia. Estaba tan cerca de mí que casi podía oler el sudor de su piel sucia.

—A los pies de la escalera, amor —contestó a lo lejos su voz. Entonces salí de mi escondite.

—Hola, mi amor —saludé a Karina, quien abrió tanto sus ojos y su boca que parecía haberse encontrado con el peor de los demonios del infierno.

Antes de que soltara un grito de terror, la golpeé con el bate en la cabeza con la suficiente fuerza como para que quedara inconsciente sin matarla. Y subí.

—¿Amor, los encontró? —preguntó el tal Lucas al sentir que alguien subía por las escaleras.

—Sí, mi vida, los encontré —respondí.

Al verme, el hombre intentó defenderse, pero mi bestia interna, en su búsqueda de venganza, liberó toda la adrenalina que poseía. Con ello, le arrebaté la vida a punta de palos en la cabeza. Le pegué tanto, ¡pero tanto!, que arriba del cuello era solo un puré de carne, huesos y sangre. Nada más.

Bajé de nuevo y miré a mi novia. Permanecía en el suelo con una polera que no era de ella ni mía, sino de su amante. «Maldita —pensé—, ¿cómo pudiste traicionarme así? Yo te amaba. Porquería de ser humano, basura, cochina, maldita prostituta». Me le acerqué. Con violencia, le quité la polera y se la puse en la boca a modo de mordaza y con una cinta adhesiva, la dejé fija.

Amarré sus manos y piernas para que cuando despertara no pudiera hacer más que llorar.

Salí al patio, tomé la pala, me quité la corbata y la chaquetilla ensangrentada del trabajo, abrí mi camisa y comencé a cavar y a cavar sin detenerme. Como la tierra de mi casa era arenilla fina, no me demoré mucho en hacer dos hoyos de gran tamaño. No sentía cansancio, dolor ni, mucho menos, culpa. Subí y enrollé el cuerpo del amante con la misma alfombra del suelo. Lo bajé a empujones y tirones, lo arrastré y lo boté en el primer hoyo. Luego volví por ella, quien ya estaba despierta y lloraba desesperada, pero en silencio.

—¡Hola! Qué bueno que despertaste, ¿la pasaste bien con tu hombrecillo? ¿Te lo hizo rico? Espero que lo hayas disfrutado muchísimo, querida mía, ya que nunca más volverás a verlo, nunca podrás volver a traicionarme en secreto, nunca más podrás jugar conmigo, con mi amor. Todo lo que hacía era por ti. Todo esto era para ti. Pero no, tú no querías esto. Tú querías el pene de alguien más, ¿cierto?

Ella lloraba y lloraba. Se ahogaba por momentos con sus propias lágrimas y moco, pues solo tenía la nariz despejada. La tomé del pelo y la arrastré al patio. Había cavado los hoyos justo a la salida de la puerta para no tener que hacer tanto esfuerzo.

—Mira, ahí quedó tu amante —le dije—. Por lo menos tú podrás verlo, a él no le quedaron ojos para verte a ti. Pero bueno, es un detalle.

La tiré de cara al hoyo y me metí con ella para darle vuelta y que así pudiera verme a los ojos. Con una pala pequeña, recogí tierra. Luego la dejé a un lado y, con fuerza y sin ningún cuidado, le quité la mordaza de la boca.

—Es que tú no lo entiendes…

Eso fue lo que alcancé a escuchar antes de meterle la palita con tierra por la boca, que quedó albergada en su garganta. Comenzó a ponerse roja, intentando toser. Salí y comencé a tapar los cuerpos. Él ya estaba muerto, ella se retorcía y removía la tierra con sus espasmos. Tuve que apresurarme, ser enterrado vivo no debe tener gracia. Cuando terminé de cubrir ambos cuerpos con la arenilla, me senté sobre la improvisada tumba de mi novia y encendí un cigarro. Una sola cosa apareció en mi mente: «¡Tengo que volver al trabajo!». M e bañé y me cambié de ropa, tomé la carpeta y me fui al trabajo.

—¡Menos mal que eran solo diez minutos, Enrique! Pasaron casi tres horas desde que fuiste por esta carpeta. ¿Te pasó algo? Ya me tenías preocupado —dijo mi jefe, quien estaba esperándome en la entrada.

—Don Aurelio, cuando llegué a mi casa, me percaté de que una de mis tuberías de agua se había roto y estaba inundándolo todo. Como no podía dejarlo así, hice un par de hoyos en la salida de mi patio para encontrar la cañería y poder arreglarla. Al terminar el trabajo, cubrí todo, pero creo que necesitaré pavimentar el patio, ya que, como el suelo no es muy bueno, el movimiento hace que se me rompan los tubos. No es la primera vez que esto me pasa. —expliqué. Mi jefe me miraba con preocupación.

—¡Es verdad! Cuando estabas con tu exmujer te ocurrió lo mismo con las cañerías. Recuerdo que me contaste que se fue de la casa después de eso, porque no quería vivir en una propiedad en mal estado. Nunca más se le volvió a ver. Pero no te preocupes, hombre, te mandaré a uno de mis trabajadores y esta misma tarde cubrirá todo con cemento. No te volverá a pasar nunca más —aseguró, dándome una palmadita en la espalda.

—Muchas gracias, don Aurelio. Y sí, fue muy lamentable lo de mi exmujer. Creo que a mi novia tampoco le gustará cuando lo sepa.

EL HOMBRE PÁJARO

Escribo este relato para dejarlo como pieza clave en la investigación de la muerte de Tabatha, ya que fui uno de los testigos más directos de lo ocurrido. Claro está que estas líneas jamás podrán ser entregadas.

«Puede ser que estemos tan compenetrados que la ausencia del otro sea una pérdida diaria», eso fue lo último que alcanzó a decir antes de perder la vida. La pobre mujer consiguió el punto límite de su mente.

• • •

Ella miró por la ventana, viendo como las gotas de lluvia escurrían por los vidrios. El panorama era penoso y su tristeza se reflejaba en la negrura del cielo de aquella tarde. Había traicionado al hombre que decía amar profundamente. La culpa la embriagaba y las mentiras apuñalaban sus memorias. La soledad hacía el papel de escudo, evitando que el frío traspasara su piel. Ella no estaba bien. Ella no estaba ahí.

Pasaron las horas y la lluvia no paraba. El viento de afuera golpeaba con estrépito las puertas, queriendo entrar, furioso («¿Será el viento?», me pregunté). De tanto insistir, ella se levantó y abrió la puerta principal, dejando que el huracán de escarcha y hielo la tomaran por completo. Cayó de rodillas y cerró los ojos.

Extraño su presencia al costado de mi lecho,
mi dormir no está calmo sin su presencia...

Las lágrimas se atropellaban unas con otras en la base de su garganta. Los recuerdos de aquellas noches con el amante, las mentiras que entrelazaba con su novio y amigas terminaron por devorarla, desde allí podía verlo. Ese pecado, unido a una confesión lapidaria, quería salir de una u otra forma de su cuerpo. Una sensación nauseabunda y de desesperación la invadió. Comenzó a llorar con fuerza, la tormenta de afuera no se comparaba con el dolor tan profundo que sentía. La sala empezó a inundarse, ella podía sentirlo en las rodillas. La puerta era golpeada con estrépito contra su tope. El viento seguía violento, la tormenta no daba tregua. Y su alma se desvanecía despacio, llevándose lo que quedaba de su corazón y tristeza. Entonces, cayó al suelo y se golpeó con fuerza la cabeza. Su cuerpo ya no pudo mantenerse erguido. Ahora estaba dentro de su inconsciente.

Poco a poco, abrió sus húmedos ojos. Su empañada visión le impedía enfocar con claridad, por eso no pudo verme a tiempo, solo distinguía una figura difusa que comenzaba a materializarse en medio de la sala. Lo que parecía ser un hombre de gran altura con alas en la espalda terminó por plasmarse completo para ella. Pestañeó varias veces para aclarar su mirada y comprobar, con escalofríos, que lo que tenía enfrente era un ángel. No como los que ella conocía, este vestía ropas casuales y vaporosas. Era el frío, el huracán, ¡el caos!, materializado.

—¿Qué estás haciendo aquí? —preguntó desde el suelo. Su cuerpo ya no reaccionaba y su voz era solo un suspiro agónico—. ¿Por qué has vuelto?

Yo la miraba desde una distancia prudente, ella intentaba enfocar su miraba para distinguir detalles, pero su visión también la estaba abandonando.

—Solo vine a buscar lo que me has regalado —respondí. Ella sonrió, o intentó hacerlo.

—¿Sabes? —dijo—, puede ser que estemos tan compenetrados que la ausencia del otro sea una pérdida diaria...

—¿Sabes? —respondí, acercándome a su oído—, tienes razón, pero fuiste tú quien decidió ser la ausente, fuiste tú quien mintió, tú perdiste tu propia humanidad. Yo solo estoy aquí para acompañarte en tu propio abandono. Vengo por lo que, se supone, siempre fue mío. Me llevaré de ti tus pecados —dije.

Lo único que pudo hacer fue negar con la cabeza.

• • •

A la mañana siguiente, muy temprano, la señora Wacolda salió a regar sus flores. De pronto, notó el vaivén aletargado de la puerta abierta de su vecina del frente. «¡Qué extraño! —pensó—. Tabatha tendría que estar en su trabajo a esta hora. No creo que dejara la puerta abierta por descuido. Iré a ver qué ocurre».

Lo que la señora Wacolda encontró al cruzar el umbral de aquella puerta fue lo más abominable y perturbador que jamás hubiera visto en toda su vida. Es más, nunca pudo volver a dormir y esa imagen fue el causante de su suicidio, dos meses después del descubrimiento del cuerpo de su vecina y amiga, Tabatha. Para los policías del condado de Aniel, imágenes como esas se repetían día a día desde hacía un tiempo.

La mujer estaba abierta desde la garganta hasta su pubis. El corte de su piel era perfecto. Su esternón se había partido en dos, sus órganos habían sido agrupados en dos filas e inquietantemente alineados y ordenados. Su cabeza estaba cubierta por la funda de una almohada, y todos los que presenciaron la escena sabían lo que hallarían bajo esta.

Al llegar, el fiscal ordenó el levantamiento del cuerpo, no sin antes retirarle el saco del rostro. Uno de los policías de mayor rango se acercó al cuerpo, tomó con cuidado una de las esquinas de la funda y jaló con suavidad. Un montón de plumas negras cayó de su interior. El rostro de aquella mujer estaba desfigurado por golpes. Dos agujeros negros y profundos se mostraban en el lugar donde antes habían estado sus ojos, y una larga costura hecha con hilo de satín mantenía su boca cerrada.

—Señor, la occisa presenta similitudes increíbles con las otras chicas encontradas antier y la semana pasada. A esta también le faltan los ojos, el corazón y, me arriesgo a decir, la lengua.

El fiscal movió la cabeza de un lado al otro hasta que una gota de sangre le golpeó la punta de la nariz. De inmediato, todos miraron el techo de la habitación. Un detalle no antes visto en las otras víctimas les erizó la piel y generó una sensación de vacío en sus entrañas. En el techo, escrito con sangre de la misma Tabatha, se encontraba el siguiente mensaje:

El hombre pájaro alzó sus alas y voló para observar la decadencia humana.

Al observar el desastre que estaba bajo sus pies, se preguntó: «¿Qué puedo hacer para calmar sus corazones, si solo soy un simple hombre? ¿Tendré que llevarme lo que sienten, lo que ven y lo que dicen para que puedan recuperar su humanidad?».

El cuerpo fue retirado y, después de tomar todas las pruebas que pudieron, todos se marcharon del lugar con un dejo de profunda inquietud.

Pero aquel mensaje ensangrentado del techo, esa mujer asesinada de forma brutal, ese día en particular... jamás podrían marcharse de sus cabezas, ya que ella no era la única. Y, prometo, no será la última.

GRITOS EN EL SILENCIO

Bienaventurados los que tienen hambre y sed de justicia,
porque ellos serán saciados,
sin importar el cómo.

Mateo 5:6

Desde este páramo puedo ver toda la ciudad, tantos caminos recorridos, tantas historias vividas, algunas contadas a viva voz y otras guardadas en lo más profundo de mi corazón. Desde aquí puedo ver la casa de mis amigos, de mis padres y de mis antiguas parejas. Puedo ver también el cementerio, donde está gran parte de mi familia. Desde aquí puedo ver casi toda mi vida, ¿y qué es esta?

He logrado muchas cosas a lo largo de los años, desde que nací, desde algo tan básico como aprender a caminar y hablar hasta aprender a correr y gritar. Tengo mis estudios completos y una casa allá que me espera, un hogar al que no quiero volver.

Cuando miro hacia abajo —este lugar es muy, muy alto—, puedo ver los ríos que alimenté con mis lágrimas y los árboles que muchas veces me sirvieron de cama, pero la desesperación que siento en mi interior me empuja al vacío. Quiero desaparecer, correr y huir de esta vida. No sé cómo decirlo o expresarlo, pero siento que mis piernas quieren llevarme lejos, y más allá de eso aún.

¿Cómo expresar algo que no logro entender dentro de mí? ¿Qué es esto que siento? ¿Es rabia, es pena o es miedo? No lo sé.

En realidad, quisiera saber cómo frenarlo, esto me aterra. ¿A qué punto tengo que llegar para perder el control? ¿Qué tiene que suceder para terminar cegado y perderme? Por eso estoy aquí, siento que en cualquier momento podría cometer un crimen. No soy una mala persona, de verdad no lo soy... o eso creo. Quizá, la empatía me abandonó —la empatía por la humanidad— y debo recuperarla antes de que se esfume para siempre o yo termine en la cárcel.

Comencé a gritar hacia el vacío, pero mi grito no era perceptible para mis oídos. Me sentía ahogado. No sabía si debía llorar o romperme los puños golpeando el árbol próximo. «¡Maldita sea! —pensé—. ¡Debo arrancarme esto de adentro antes de que termine comiéndome a mí mismo! ¿Pero cómo?».

¿Nunca has sentido que, si no corres o te alejas de las situaciones fantasmas que te aquejan, ellas terminarán ahorcándote? ¿Nunca has sentido, como lector, que estás en el punto límite de ti y que perderás el control? De eso se trata, amigo mío, de sobrevivir a tus monstruos internos, pero ¿qué es eso?

—¡Amigo, amigo! —me llamaron. Alguien me tomaba de los hombros, intentando hacerme reaccionar—. ¿Se encuentra bien?

Abrí mis ojos y vi a un hombre de mediana edad, con rostro de preocupación, mirándome fijamente.

—¿Quién es usted? —le pregunté al individuo.

—¡Qué gran susto me ha dado! Pensé que estaba muerto. Soy Miguel —se presentó, estirando una de sus manos para ayudarme a incorporarme—. ¿Qué hace usted por estos lados, joven? De verdad pensé que estaba muerto, ve que la altura a muchos los traiciona y por aquí no transita mucha gente. Yo subo todos los domingos con mi rebaño, los llevo a pastar a una colina más arriba —explicó. En efecto, el hombre llevaba muchas ovejas.

—Mi nombre es Ismael —respondí—, y subí aquí por un poco de aire. Me sentía agobiado en el pueblo. Muchas gracias por su preocupación —dije. Miguel asintió con su cabeza e hizo una mueca con su boca.

—Ya veo, me imagino que usted no ha desayunado ni comido nada en las últimas horas. Déjeme invitarle parte de mi comida y, si gusta, puede desahogarse —sugirió. Me hizo un gesto para que lo siguiera y, de un bolso muy andrajoso, sacó una pieza de pan y una botella con un líquido color magenta.

—Agradezco su amabilidad, aceptaré su ofrecimiento.

Nos sentamos en unas rocas, el hombre me convidó la mitad de su pan. Después de comer, Miguel extrajo una navaja corta con la que comenzó a pelar la rama de un árbol.

—Y, bueno, Ismael, cuénteme qué es lo que está pasando por su cabeza que tanto le atormenta.

Respiré profundo y dejé que mi mirada se perdiera en el horizonte mientras mis ideas se organizaban, formando una línea de tiempo.

—Mi vida… lo que he hecho de ella es lo que me entristece o me enfurece. No sé bien qué es lo que me está pasando, en realidad. Disculpe si no me expreso con suficiente claridad, pero me siento estancado. No sé cómo crecer o surgir con mi persona, con mi yo interno, con mi esencia, o como quiera llamarlo. Tengo un buen trabajo, una novia que me ama, una familia como cualquier otra, buenos amigos, hartos conocidos, una casa y un futuro prometedor. Cumplí con todas las exigencias que a uno se le presentan. Cumplí con mis padres y le pedí matrimonio a mi novia, nos casaremos en dos meses —expliqué. Miguel me miraba con extrañeza.

—Todo eso suena muy bien, joven. No entiendo qué podría perturbarle, si ha cumplido con la mayoría de las cosas que uno debe hacer —comentó. Volteé mi mirada hasta encontrarme con sus ojos cansados.

—¡Exacto! —respondí—. Ese es el problema: he cumplido con todo lo que se «debe hacer», pero jamás cumplí mis propios sueños. A mí nadie me preguntó si yo quería seguir estudiando después de salir de la escuela, o si quería trabajar después de cada clase, o si de verdad quería formar una familia y casarme.

»Ahora que lo pienso bien, solo soy un títere, como cualquier otro sujeto de este mundo. Nunca me enfoqué en lo que yo quería, nunca tuve la valentía necesaria para decir que no, que no quería estudiar lo que estudié. Yo quería dedicarme a la pintura, no a la mecánica industrial. Yo no quería trabajar siendo tan joven, sino salir de este pueblo y conocer los países cercanos y lejanos. Yo no me quiero casar ni tener hijos, solo deseo vivir libre, sin ataduras, e ir adonde el viento me lleve.

»Estoy tan atrapado dentro de las estúpidas obligaciones y haciendo «lo que se supone que debo hacer» que me perdí, me perdí. Estoy terriblemente perdido, confundido y frustrado. ¿Puede usted creer, don Miguel, que ni siquiera puedo comer lo que yo quiero? Algo tan simple y básico como eso no lo puedo hacer, ¿puede entenderlo? No pude hacer nada de lo que yo quería hacer en realidad, solo decía «sí», «sí» y de nuevo «sí», aunque yo solo quería decir que no —concluí. Las lágrimas afloraron de mí como un aluvión desenfrenado.

—Cálmese, Ismael. Usted aún es joven para comenzar de nuevo. No pierda la fe. Verá que, si confía en Dios, él lo ayudará e iluminará su pensamiento para que encuentre la forma de aliviar su espíritu del mal que lo atormenta.

La mirada se me agudizó con sus palabras. Mi corazón comenzó a bombear sangre con rapidez y fuerza a mis músculos.

—¿Qué fue lo que me dijo, don Miguel? ¿Empezar de nuevo? ¿Tener fe en Dios? ¿Aliviar mi espíritu del mal? ¿Usted se da cuenta de que lo que me está diciendo no tiene validez? ¿Cómo puedo comenzar otra vez si a mí nunca me han dejado fluir con libertad y nunca me dejarán hacerlo? No puedo dejar mi trabajo, ya que sin él, no tendría cómo pagar mi casa, mis deudas, el matrimonio ni los remedios de mi madre, ¡ni nada! —exclamé. Miguel dejó de limpiar la corteza de la rama con su navaja y la guardó en la funda que llevaba en el cinturón.

—Mira, muchacho, ¡no tienes por qué exaltarte! Nadie dijo que la vida fuera fácil; aunque después de escuchar el resumen de tu vida, y a pesar de tu inconformidad, no careces de nada, me parece. Deberías ser un hombre agradecido, Ismael, y ver que todo lo que posees no es más que el fruto que cosechaste. Dios te dio un vasto campo que sembraste con esfuerzo y hoy cosechas con melancolía. No entiendo a los hombres, ¿sabes? No logro comprenderlos.

»Si le das un sembradío con verduras y frutas suficientes para que él y toda su familia se alimenten hasta el último de sus días, él se quejará de que las frutas tienen un mal aspecto o un tamaño más pequeño y no apreciará que el sabor es igual de delicioso al de una de tamaño normal y cáscara brillante. Si le das al hombre fuego y ropa para abrigarse del frío, se quejará de la lana, dirá que es de mala calidad, que le genera comezón o que no le gusta su olor. También se lamentará porque la leña no está lo suficientemente seca o porque las ramas del árbol eran muy viejas.

»Pero si no le das nada, igual se quejará y renegará en contra de Dios por sentirse abandonado. No los entiendo, Ismael. No consigo entender a estos malditos mortales desgraciados y sinvergüenzas, parásitos de Dios, ¡blasfemos y sátiros! Deberían ser devorados por la serpiente, ¡uno por uno! Miserables egoístas y llorones.

No alcancé ni siquiera a ponerme de pie antes de que la navaja corta de Miguel penetrara mis costillas una y otra vez, mientras él repetía:

—Un día, alguien me dijo: «Sé nuestro amparo contra la perversidad y las acechanzas del diablo. Que Dios manifieste sobre él su poder, esa es nuestra humilde súplica; y tú, Príncipe de la Milicia Celestial, con la fuerza que Dios te ha conferido, arroja al infierno a Satanás y a los demás espíritus malignos». Supongo que también se refiere a los malagradecidos.

Las primeras diez punzadas me dolieron, las otras diez fueron molestas y, las otras veinte, insensibles. Pude ver como esa pequeña cuchilla se transformaba en una enorme lanza a medida que seguía perforando mi carne, mientras lo escuchaba orar en un idioma desconocido.

La voz de Miguel se calló despacio, al igual que mi vida. En ese momento, y lo último que pude ver de antes que la oscuridad me tragara, fueron unas enormes alas doradas que salían de la espalda del hombre de la lanza.

A veces, los ángeles bajan a dejarte un mensaje primordial en un momento clave de necesidad absoluta. En otras ocasiones, solo vienen por venganza y un celo injustificable y autoalimentado... y, otras, esos ángeles se convierten en monstruos que solo aparecen para devorarte el alma o, peor aún, para anunciarte que estás esperando un bebé y que has sido fecundada por un espíritu. En fin, no importa la forma ni a lo que vengan esos seres, y tampoco importa lo abrumado, desesperado y aprisionado que te sientas, no los escuches, ¡no los escuches! No todos los ángeles son buenos. No escuches más allá de las plegarias de las personas. Recuerda:

Confía en el señor de todo corazón,
y no te apoyes en tu propia inteligencia.
Reconócelo en todos tus caminos
y él enderezará tus sendas.
Proverbios 3:5-6

Con el último suspiro que dejó mi bramido mudo, entregaré al mundo este mensaje: si quieres ser tú mismo, ¡hazlo! No dejes que los demás aten tus brazos con cadenas, enjaulando tu libertad. Ve y sé tú mismo, y sobre todo, ¡ten mucho cuidado si decides hacerlo! No huyas de ti mismo cuando estés ahogado. Abrázate y entiéndete, tómate tu tiempo y nunca subas a la montaña más alta de tu pueblo. Estarás demasiado cerca del cielo. Nunca sabes quién te está escuchando o acechando, esperando a que te equivoques.

¿Y si fuera Dios quien te escucha?

¡Demonios! Entonces date por muerto.

FANTASMAGÓRICO
PARTE I

Desde el balcón de mi castillo podía observar la inmensidad del océano. La brisa gélida acariciaba mis mejillas y amenizaba mi cabello. Danzaba.

Ya habían pasado diez años, once meses y veintiséis días desde que decidí vivir a la orilla del mar, lejos de las personas, solo Oscar y yo. Nuestro castillo llevaba siglos en pie, había resistido la furia de la tierra en todas sus formas posibles: huracanes, terremotos, tsunamis, trombas marinas. Hasta el fuego había besado sus paredes, pero el gigante seguía en pie, fuerte y resistente.

Llegué aquí atraída por un sentimiento de destierro, de querer estar sola conmigo misma. Después de tantos años casada con un hombre dejado de sí mismo, embriagado con su trabajo y despreocupado de todo, a una ya no le quedan ganas de vivir… Bueno, en fin, después de nuestra brusca y anhelada separación, solo deseaba estar lejos, muy, muy lejos, abrazada a mi aislamiento y desolación nada más. Cuando atravesé el umbral del gran portón del castillo que había heredado de mis padres, supe enseguida que ese sería el lugar donde quería estar para siempre, para el resto de mis días y más allá aun.

—¿Qué haces? —la voz sombría de Oscar llegó a mis oídos.

—Veo el horizonte, la lejanía. Aprecio lo que dejé atrás, lo que jamás volverá… Además, no se acercan barcos hoy. Parece que esta pequeña llovizna los espantó —comenté. Oscar intentó abrazarme, pero sus manos no tenían la fuerza suficiente para contenerme.

—Tranquila, querida. ¿Quieres que te prepare un té? —preguntó. Yo asentí.

Salimos a la terraza interior, un enorme árbol de varios siglos se encontraba en medio del castillo. Teníamos una mesa con dos sillas y un enorme columpio colgaba de los inmensos brazos del roble.

—Deberías salir más, Carol. No puedes vivir encerrada. Llevas muchos años sin salir, sin tocar el agua del mar, sin que tus pies se llenen de arena. Es hora de que vayas al mundo otra vez —sugirió Oscar, quien siempre se preocupó por mí, a pesar de nuestras diferencias.

—No me es tan fácil sociabilizar con los demás, sabes que siempre me ha costado mucho. Contigo fue… bueno, un caso aparte, siempre has estado ahí para hacerme compañía y espantas mi melancolía. No sé si sea buena idea salir —dije. Oscar me observaba con genuina pena.

—Mi bella Carol, es el momento de hacerlo. De verdad, ¡inténtalo! Si quieres, puedo acompañarte.

—Parece un plan descabellado —comenté.

—De todas maneras, la gente solo vería a uno de nosotros y tendríamos que evitar hablar mucho.

—¡Ay, no! ¡Qué extraño sería! —exclamé—. Pero, bueno, quizá sea el momento de hacerlo.

—Piénsalo y me dices. Iré al ático por algunas cosas —avisó Oscar, quien dio media vuelta y desapareció.

El viento danzaba con las ramas del enorme árbol. Pequeñas gotitas de agua rociaban el jardín florido, que se movía con suavidad de un lado al otro. Ese movimiento era tranquilizador, hipnótico. Nada presagiaba la tormenta que se avecinaba. Un ruido atronador rompió con brutalidad el rostro de la calma. El sonido vino desde el ala oeste.

—¡Oscar! —llamé. Me levanté a toda prisa y corrí por las escaleras y pasillos interminables—. ¡Oscar! —volví a llamar. La desesperación y el miedo me apretaban los tobillos como grilletes, pero no podía detenerme—. ¡OSCAR!

Cuando solo me faltaba una escalera para llegar a la entrada del ala oeste, una mano fría tomó con fuerza uno de mis brazos, frenándome.

—¡Shh! No grites más. Yo estoy bien, pero lo que está allá arriba… ¡jamás había visto algo parecido! Es como un pájaro gigante con piernas —explicó. Lo miré con intriga y preocupación, ¿qué podría ser aquello?—. Sube con cuidado.

Pestañeé varias veces, mirando los ojos profundos de mi gran amigo, pero mis pies no dudaron. Uno subió delante del otro con la mayor cautela. Al llegar al piso superior, mis ojos se abrieron de par en par, intentando descifrar qué era ese monstruo de plumas negras tirado contra el piso de mi sala. Me acerqué despacio, detallándolo. Las plumas negras eran parte de unas enormes alas, no se movía, tenía el cabello negro grisáceo, sus ojos estaban cerrados y de sus labios caía lo que parecía sangre, aunque de un rojo mucho más claro.

—¡Oscar, es un ángel! —exclamé—. Ayúdame a llevarlo a una de las habitaciones.

Mi amigo no estaba muy convencido. Movía su cabeza de lado a lado, mirándome con cierto temor en los ojos. Lo tomamos con mucho cuidado. Parecía muerto, pero aún respiraba. Con dificultad, logramos llevarlo a una de las camas continuas.

Cuando lo recostamos, pude verlo mucho mejor. Su delgadez era extrema y sus huesos resaltaban en su piel, que era de un color gris verdoso. Respiraba con dificultad. No se veía para nada bien.

—Nos turnaremos para cuidarlo. Iré por agua para mojarle los labios. Yo tomaré el primer turno. Ve a descansar, nos vemos en tres horas —indiqué.

Oscar movió la cabeza en señal de aprobación y abandonó el lugar a toda prisa. No lo podía culpar por estar aterrado. Después de todo, teníamos lo que se conoce como un «ángel» en nuestro castillo. «¿Qué le habrá pasado?», me pregunté.

Llevé agua en una fuente de cristal y, con algo de algodón, fui mojando un poco sus labios. Al principio no había respuesta, pero después de un rato, comenzó a tener movimientos aletargados y parecía que la bebía, aunque mantenía sus ojos cerrados. Le toqué la frente, su piel estaba muy fría. Lo tapé con una de las frazadas más gruesas que tenía. Procuré que sus pies quedaran bien cubiertos —dicen que la muerte te lleva desde esa parte— y me recosté a su lado. Tomé su cabeza con el más sagrado de los cuidados y la puse sobre mi pecho. Acaricié sus cabellos finos de plata: «Por favor —pensé—, resiste. No mueras, resiste». Cerré mis ojos y, sin darme cuenta, me quedé dormida.

—¡Carol! ¡Oye, Carol! Despierta —la voz espectral de Oscar me devolvió al presente—. Es mi turno, ve a dormir —dijo. Yo negué con la cabeza.

—Tranquilo, estoy bien. Ve a descansar. Si te necesito, te llamaré —aseguré, regalándole una sonrisa a mi amigo, quien parecía más pálido que cualquier otro día. Miré a nuestro ángel, que ahora respiraba con más normalidad—. Parece que está un poco mejor —comenté. Cuando volteé, Oscar ya no estaba en la habitación.

Por alguna extraña razón, sentía algo familiar con aquel ser, una conexión peculiar. «¡Qué raro!», pensé. Enredé mis dedos entre su cabello, acariciándolo con suavidad. Mi cuerpo volvió a relajarse, excepto mi corazón, que no lo sentía latir así desde hacía muchos años, mucho menos latir de esa manera. Aunque sabía que era falso, me gustaba pensar que así latiría mi corazón. Cerré mis ojos y volví a quedarme dormida.

—Ca... rol, Ca... rol, Ca... rol —una voz profunda y extraterrestre chocó contra mi tímpano. Antes de despertar, pensé: «Ese no es Oscar».

Abrí los ojos y el ángel estaba mirándome. Intentaba pronunciar mi nombre. Sus ojos eran tan brillantes que no podía mirarlos de manera directa. Su tez demacrada me acobardaba. Una de sus manos tenía tomada mi cintura con fuerza, y la otra comenzó a subir por debajo de mi ropa hasta llegar a mi seno izquierdo.

—Gra... cias, Ca... rol.

Sentía sus dedos tratando de hundirse con fuerza en mi piel, hasta que la penetraron. Movió sus dedos en mi interior, buscando, me pareció, mi corazón.

—¿Que intentas hacer? —pregunté, un poco sorprendida.

—Cora... zón. Vi... da —respondió. Y por fin lo entendí, estaba intentando sacarme el corazón para seguir viviendo, o algo así.

—Lo siento, cariño mío. Yo morí hace diez años, once meses y veintiséis días. Lo que ves y sientes es solo una ilusión.

Abrió tanto su boca que pensé intentaría comerme, pero no. Un grito se ahogó en el fondo de su garganta y una lágrima marmórea rodó por su mejilla, desplomándose a mi lado en la cama. Su respiración volvió a entrecortarse y sus ojos, despacio, perdían su brillo.

—¡Oscar! ¡Oscar, ven rápido!

La puerta se abrió de golpe y mi buen amigo se asomó por el umbral.

—Tenías razón esta mañana —le dije—. Este es el día en que debo salir a la calle y mirar el mar y tocar la arena y todo eso. Pero no sin antes… traerme un recuerdito de tus hermanos vivos, una ofrenda para los dioses. No dejaremos morir a nuestro ángel, le daremos lo que necesita.

Oscar me miraba con terror. Quizá se debía a los años que llevábamos juntos, o al miedo latente de convivir con un fantasma, pero mi buen amigo siempre parecía estar al borde de un infarto.

—Está bien, Carol. ¿Adónde iremos primero? —preguntó.

Le sonreí.

—Iremos a la calle del muelle 43, donde aún vive el culpable de mi muerte, mi exmarido —indiqué. Acaricié y besé la frente del ser agónico que, postrado, se desvanecía poco a poco—. Tranquilo, resiste. Yo volveré pronto. Mataremos dos pájaros de un solo tiro.

EL CIERVO DE ORO

Mi padre había fallecido hacía dos días. Mi lamento parecía eterno; mis lágrimas, infinitas; mi pena, inmortal. Daba la impresión de que los rezos rebotaban en el cielo azul que me techaba. Mi fe y esperanza murieron aquel día, entre gritos desesperanzados de negación y un silencio desahuciado.

Respiré hondo, la ira subía incontrolable en mi cabeza mientras leía el nombre en la lápida. «Estoy dispuesto a buscar al asesino de mi padre», dije. Sequé mis lágrimas y emprendí el rumbo a la ciudad. No tenía vehículo, así que me quedaba un camino largo por delante.

«Maldita la bala que perforó el cráneo de mi padre, maldito el dedo que presionó el gatillo, maldita la hora que no estuve ahí para protegerlo —pensaba—. Maldita sea con todo». Podía sentir el odio reemplazando mi sangre y mi cerebro palpitando, golpeando por dentro mi cráneo. Mis tímpanos se inflamaron. Una voz en mi cabeza susurraba que debía calmarme, debía encontrar a Criss, a Cristóbal B, el asesino de mi progenitor.

A lo lejos, las luces de la ciudad me hacían una macabra invitación. Sabía lo que significaba, así que acepté. Mis pies me ardían, las ampollas se reventaban una tras otra en las plantas de mis pies. Pero no me importaba, el dolor de mi alma era aún más intenso que el de mis pies o músculos. La venganza me refugiaba.

De tanto en tanto, mi mente se desorientaba y los recuerdos de aquel maldito día en que habían asesinado a mi padre se estrellaban con violencia contra mis cavidades cranianas:

estaba sentado en la cama, buscando en el cajón de mi velador un par de municiones, cuando escuché la voz de mi padre avanzar por el pasillo. Hablaba por teléfono con alguien y se escuchaba bastante molesto. Después de un par de improperios que le dijo a su receptor, cortó. Me levanté y fui a ver qué había ocurrido.

—¿Qué pasó? —le pregunté.

—¡Qué demonios te importa! —me respondió.

Odiaba que mi padre me contestara así. Siempre lo hacía. Lo vi alejarse mientras yo daba la vuelta y bajaba al sótano. Cuando volví, vi a mi papá sentado en la cocina.

—¿Qué hacías en el sótano? Sabes que no me gusta que bajes ahí. Tienes prohibido tocar mis juguetes. Lo sabes, ¿cierto? —me dijo. Yo asentí.

—No toqué nada, solo fui por una ampolleta para cambiar la mía.

Saqué del bolsillo una ampolleta nueva. Cuando su expresión cambió a desconfianza, tocaron la puerta. Mi padre se levantó y fue a ver quién era. Lo único que alcancé a oír fue «Hay muchos ciervos por los alrededores, ¿vamos a divertirnos un rato?». Mi padre no rehusó la invitación. Pasó por mi lado, mirándome con descrédito, y bajó al sótano. A los pocos minutos, volvió con su rifle Marlin XT-22R calibre 22, su juguete favorito para salir a cazar.

—Saldré con Criss al bosque, vuelvo en unas horas. Cuida la casa y no le abras a nadie —ordenó. Luego dio un portazo y desapareció en la llanura.

Esa fue la última vez que vi a mi padre con vida. Criss sacó a mi papá con engaños de la casa y lo ejecutó en medio del bosque.

«Ese sujeto condenó su alma para siempre —me dije—, y yo no descansaré hasta volarle la tapa de los sesos».

Criss vivía en la ciudad, en una pocilga de cerdos que llamaba casa. Nunca fue un hombre respetado. Al contrario, ese maldito perro drogadicto tenía serios problemas mentales. Nunca se sabía con qué iba a salir ni si estaba diciendo la verdad, pero papá siempre confió en él ciegamente. ¡Qué hombre más ingenuo! ¿Quién podría confiar en un sujeto que siempre estaba divagando y bebiendo alcohol? «¡Ay, papi! —pensé—, si solo hubieras sido más inteligente».

Después de tanto andar y con la madrugada encima, divisé la casa del asesino. A partir de entonces debía ser táctico, calculador, preciso. No podía darme el lujo de que se me escapara.

Me aproximé con suma cautela a una de sus ventanas y miré adentro. Las cortinas estaban corridas, se veía un gran desorden y basura por todas partes. Parecía que nadie había estado allí en días. Probé una a una las ventanas y las chapas, hasta que una de ellas cedió. Me impulsé con los brazos y pasé mis piernas con el mayor cuidado posible para no hacer ruido ni botar nada en el interior.

Caminé de puntillas por el suelo embarrado y manchado de vino y me aproximé con suma lentitud a las habitaciones. Él debía estar en una de ellas.

Metí la mano al borde de mi pantalón y extraje una pistola, la misma que había robado del sótano. Le saqué el seguro y abrí la primera puerta. Era el cuarto de lavado. Algunos libros y papeles estaban desparramados por el suelo, había un fuerte olor a humedad y pudrición. Salí de la habitación y apunté al cuarto del frente. Abrí la segunda puerta…

Era su habitación. Pude reconocer su cama y sus cosas, pero él no estaba ahí. Las sábanas estaban desordenadas y en el velador había un vaso de vino tinto. Caminé hasta la cama y puse mi mano en el colchón, que seguía tibio. Criss debía haberse levantado hacía poco. Estaría en algún lugar de la casa. Me quedé quieto y agudicé el oído.

No se escuchaba nada. Salí de la habitación, pasé bala y tragué saliva. Abrí la tercera puerta. Era el cuarto de George, el hijo de Criss. Sus juguetes estaban desparramados por todos lados, las figuras de acción de superhéroes eran lo único que estaba ordenado en la repisa, junto a una fotografía. Me acerqué a ella y la tomé. Eran padre e hijo en lo que parecía ser un día de campo. Mi papá siempre decía que después de que George murió por accidente ahogado en un lago a las afueras del pueblo, Criss nunca volvió a ser el mismo. Enloqueció.

El sonido de agua corriendo alertó mis instintos. Criss estaba en el baño. Salí de la habitación y caminé a la última puerta. Podía escuchar el sonido de una llave abierta. Inspiré aire con fuerza y abrí la puerta de un solo golpe.

—¡Al fin te encuentro frente a frente, maldito perro asesino! —grité con furia. El rostro de sorpresa del tipo reflejado en el espejo dejaba claro el terror y pánico que sentía en esos momentos. Solo atinó a levantar los brazos y comenzar a llorar—. ¡Ahora lloras! ¡Ahora lloras y sufres, perro asqueroso! ¿Acaso lloraste cuando mataste a mi padre sin piedad en el bosque? ¿Acaso te dio remordimiento o cargo de conciencia dejarlo morir como a uno de los ciervos que tanto les gustaba matar? —pregunté, colocando la pistola entre sus cejas—. Te voy a volar la tapa de los sesos para ver si así aprendes a no dejar morir a los demás. Dejaste morir a tu hijo por irresponsable y mataste a mi padre por odio, porque él siempre te decía la verdad en la cara, siempre te decía lo que no querías escuchar, ¡siempre te hacía sentir culpable!

El sonido de la bala al perforar el cráneo del hombre fue lo último que albergó el silencio de la noche. Los manchones de sangre en el espejo inmortalizaron el momento para siempre.

Boletín especial

Se encuentra el cuerpo sin vida de un hombre de cuarenta y tres años en el baño de su casa. Su nombre era Cristóbal Belmar. Al parecer, el hombre había matado a su padre hacía tres días y la culpa no lo dejó vivir. «El suicidio del hombre se veía venir», dicen sus vecinos, quienes afirmaron verlo caminar errante, asegurando que mataría al hombre que había acabado con la vida de su padre. Cercanos a la familia confirmaron que él no había logrado superar la muerte de su hijo, y que había caído en el alcohol y las drogas. Este caso se suma a los otros suicidios reportados en los últimos días en el pueblo de Aniel.

«¿Qué está pasando?», le preguntamos a psicólogos expertos en el campo.

EL IMPOSTOR

Y fue así como todo empezó, tan abrupta y sorpresivamente, tan poco probable como ver a un elefante ebrio. No sé bien cómo explicarlo. Solo sé que nunca más podré vivir de la forma en que estaba acostumbrado.

. . .

Soy Luis Castino, escritor de grandes novelas de misterio, como *El fantasma de la botella azul*, *Cristal* y *Monstruos de niebla*, entre otros miles de títulos que me llevaron a la fama mundial. Vivo en un poblado llamado Aniel, al suroeste de la capital principal, en una cabañita modesta a las orillas del Antumalén, un lago que pocos conocen. Es de verdad un lugar inspirador.

Un día como cualquier otro me senté en el tejado para contemplar el vuelo de las aves. A pesar de su imponente envergadura, se posaban en el agua como una pluma flotando a la deriva. Pensé: «¡Qué maravilloso sería ser como esas aves! Volar todo el día para descansar por la tarde en las orillas del lago, comer lo que la naturaleza me ofrezca y no estar preocupado por nada más que comer, dormir y respirar. ¡Qué maravilloso sería!».

¡Ring! ¡Riiiiing! ¡Riiiiiiiing!

El molesto sonido del teléfono irrumpió de un golpe en la paz de mis pensamientos.

—¿Aló? —contesté. Del otro lado de la línea, la voz rasposa de mi editor me revolvió el estómago.

—¡Luchito! ¿Cómo te va? ¿Cómo está mi novelista favorito? —preguntó. Siempre que me llamaba, sabía que tenía los minutos contados.

—Muy bien, señor Espinoza, viendo el vuelo de las taguas para inspirarme. ¿Qué tal su tarde? —pregunté, intentando sonar tranquilo y animado. El hombre del otro lado de la línea carraspeó para aclarar esa voz tan horrible.

—¡Inspiración! Eso es lo que necesitarás con urgencia, muchacho. Llevas más de tres meses sin enviarnos algo bueno y los plazos ya están por cumplirse. ¡Tú sabes cómo funciona esto! Te daré una semana para que me entregues algo bueno de verdad. De lo contrario… tú sabes, nuestro trato se acaba y quedas en la banqueta con tus taguas y misterios, ¿quedó claro? —preguntó. Yo suspiré.

—Sí, señor, no se preocupe. Le prometo que esta semana le enviaré un relato que lo volverá loco. ¡Le aseguro que le encantará! —dije. Solo escuchaba carrasperas y tos con expectoración del otro lado.

—¡Eso lo veremos! De no ser así, pediré tu cabeza en una charola de plata —respondió. Luego cortó.

¡Maldito negrero! Su trato era tan indigno y amenazante que me dejaba descompuesto después de cada llamada. Necesitaba un relato increíble y dramático para que, después de leerlo, el viejo quisiera besarme los pies.

Tomé mi cuaderno de notas y comencé a escribir:

Verónica era una mujer que nunca faltaba a misa, risueña y espontánea, de bonitas facciones y seductora. Un día, ella llegó a la iglesia a rezar, como cada mañana, y se encontró con el sacerdote muerto a los pies del altar, con un cuchillo en el corazón. ¡Oh! ¡Qué sorpresa encontrar tal desastre!

«¡No! Eso suena horrible, como cada maldita cosa que escribo —pensé—. ¿A quién quiero engañar? No sirvo para esto. No tengo el tacto ni las emociones exaltadas para plasmarlas. No sé cómo lo hace. ¡Maldita perra! ¿Cómo puede ella escribir de esa manera? —continué—. La detesto, la odio. Quisiera romperle el cuello, ¡pero no! No puedo romperle el cuello a la gallina que me deja los huevos de oro en todos los sentidos posibles».

—¡Melina! ¿Dónde te escondiste esta vez, maldita mujerzuela? —le grité mientras bajaba por las escaleras del sótano.

—Yo no me escondo, Luis. Eres tú quien me esconde y se esconde detrás de mis relatos.

Cada vez que me respondía así, me daban ganas de golpearle el rostro y sacarle diente por diente. Pero necesitaba que pensara y hablara con claridad. De lo contrario, no podría transcribir lo que dijera.

—Bueno, ya sabes lo que tienes que hacer. Necesito algo bueno, ¡brillante!, ¡magnífico!, para poder presentarlo al mundo. Mira, esto es lo que tengo —le dije. Comencé a leerle lo que había escrito antes de bajar. Ella me miró con esa mirada de mierda que tanto destetaba y su ceja levantada.

—¡Es una porquería! —dijo—. Yo describiría esa situación así:

»¡Verónica era una mujer despampanante! Una feligresa muy comprometida con su iglesia, no solo por su devoción a Dios. Tenía una cintura pronunciada, cabello largo y negro, piel canela y una voz excitante, de esas voces que a uno le levantan más que las dudas. No iba a la iglesia solo a pedir clemencia, eso estaba claro. Con eso también podemos entender que el sentimiento que abundaba por esos pasillos no era de culpa nada más, sino uno mucho más oscuro. Por eso, aquel día no se sorprendió al ver muerto al mismísimo sacerdote que, una hora atrás, le había pedido ir a confesarse a sus santos aposentos.

»Debes darle contexto, dramatismo, ¡misterio! Debes darle una sustancia que el mundo pueda masticar y duden de si en realidad lo quieren tragar, por miedo.

Yo sabía que Melina era consciente de que solo salía fuego de mis ojos al estar con ella. ¡La odiaba tanto como la deseaba! El día que la secuestré, ni siquiera se mostraba sorprendida. Llevaba un poco más de un mes allí y aún no me atrevía a tocarla. Podría violarla, ¡la deseaba tanto! Pero temía que ella descubriera mi virginidad. ¿Era posible que me viera aún más patético?

—Oye, ¿por qué no has huido? ¿Por qué no has intentado soltarte las manos o los pies? ¿Por qué sigues aquí? —pregunté. Ella sonrió y negó con la cabeza. Sus reacciones me descolocaban. ¿Debía matarla de una vez por todas?

—Mira, Luis, ¿por qué no he huido? Porque no quiero. ¿Por qué no me he desamarrado? Porque no lo necesito. ¿Por qué sigo aquí? Porque quiero. He escrito ostentosos relatos gracias a la condición de soledad a la que me has llevado y a tu insistencia nauseabunda por hacer de tus decadentes escritos un glorioso texto que valga millones. He escrito a raíz del hambre y la sed, he relatado desde el insomnio y el cansancio, he descrito siniestras historias desde esta condición paupérrima en la que me tienes. Y bueno, ¿quieres saber qué es lo que descubrí con este «secuestro»?

Su maldita arrogancia me reventaba las pulsaciones del corazón. Con la mano derecha le apreté tan fuerte el cuello que solo podía susurrar e intentar toser.

—¿Qué descubriste, maldita perra?

Ella estiró su boca, curvándola hacia arriba. Levantó su ceja izquierda característica y, mientras la sangre se agolpaba en su rostro, que ahora estaba rojo granada, me respondió:

—Que el que está secuestrado aquí eres tú.

Solté su garganta de golpe. Melina comenzó a toser y a reír. No aguanté la rabia. «¿Quién se cree que es para venir a decirme eso? ¿Yo, secuestrado? La estúpida aún no entiende que es ella quien está amarrada a la silla —pensé—, no yo. Es ella quien está a mi merced, no yo. ¡No yo!».

La tomé con fuerza del pelo, jalando su cabeza hacia atrás, y la golpeé con la mano abierta una y otra vez. Luego cerré el puño y le golpeé las costillas. Ella se quejó. Cada lamento de dolor me excitaba más, así que di rienda suelta al animal que tenía adentro. ¡De esa manera, tendría que respetarme! Dejé de golpearla y me paré frente a ella. La miré fijo a los ojos mientras desabrochaba el botón de mi pantalón. La expresión de petulancia se esfumó ahora. Sus ojos estaban fijos en los míos. No tenía ninguna expresión en su rostro.

—No lo hagas, no te atrevas a tocarme —exclamó, escupiendo sangre al piso.

Ahora era yo quien reía. «¡Ahora soy yo el que tiene el poder sobre ti! —pensé—. ¡Ahora soy yo quien decide qué pasará, no tú!». Tomé mi miembro con ambas manos y comencé a frotarlo de arriba hacia abajo. Melina no se mostraba intimidada ni asustada con la inminente violación.

—¡Te lo voy a meter por la garganta hasta ahogarte! Así aprenderás a respetarme.

Ella se puso de pie, no supe muy bien cómo, y lanzó un grito tan agudo y punzante que caí al suelo de rodillas, tapándome los oídos con ambas manos. El grito pareció eterno, fue el más largo e intenso que había escuchado en la vida.

—¡Cállate! —le grité también, pero no pude escuchar mi voz. No fue por los gritos de Melina, ya que el silencio que nos rodeaba ahora afectaba mis tímpanos. El ambiente era extraño. Ella ya no estaba allí—. ¡¿Dónde te escondiste, maldita perra?!

—¿A quién llamas «maldita perra»?

Una voz rasposa y muy grave me habló desde la espalda. Al voltearme, lo último que puede ver fue el parpadeo de la luz del sótano que dejaba entrever la silueta de una mujer que ya no era Melina. Un frasco de color azul rodaba en círculos en el piso, frente a ella.

—¿Quién eres tú? —pregunté con evidente terror en la voz.

Eso que estaba frente a mí no era sólido. Partes de su cuerpo dejaban ver el fondo de la habitación. Era un fantasma… ¡el fantasma de la botella azul! No pude dejar salir aquel grito que venía desde lo más profundo de mi alma, porque ese demonio nebuloso, en un dos por tres, me tomó y dobló mi cuerpo hacia atrás, formando un arco macabro y doloroso que hizo tronar estrepitosamente cada una de mis vértebras.

… Y fue así como todo terminó, tan abrupta y sorpresivamente, tan poco probable como ver a un elefante ebrio. No sé bien, tampoco, cómo explicarlo, solo sé que nunca más podré vivir de la forma en que estaba acostumbrado. Ahora mis piernas se convirtieron en una silla de ruedas, la lesión en mi columna es irreversible, quedé parapléjico. Pero te buscaré sin descanso. Te buscaré hasta hallarte. Yo también tengo un truco bajo la manga. Iré por ti, Melina, y será el mejor relato que habré escrito jamás, con tu sangre como mi tinta y tu piel como mi papiro.

SURREALISMO

A través de los cristales de mis ojos dejaste plasmada tu imagen;

tu rostro, tan sublime...

tus demonios, tan enrarecidos...

tus nervios evidentes...

tu olor...

Recuerdos, simples y espectrales imágenes dentro de algún lugar de nuestro consciente. Lugares, personas, momentos... que desfilan por mi cabeza, haciendo lo mismo una y otra vez. Sensaciones exquisitas, pavorosas, que recorren como electricidad mi piel al sentirlas con vaguedad en un presente. Cierro los ojos, intentando atraerlo de nuevo, atraer ese olor, esos labios, esa piel. Con tan solo ver toda la escena en mi mente, mi corazón se descontrola, irrigando sangre a zonas remotas de mi ser.

. . .

Íbamos en su auto de vuelta del trabajo. No me miraba ni me hablaba. Su mirada estaba perdida en algún horizonte desconocido, en otro lugar mucho mejor que el presente a mi lado. Pero me daba igual, con tal de estar junto a él. No me importaba que, poco a poco, su indiferencia fuera tomando forma, cuerpo y fuerza. Jamás imaginé que los ojos de mi mente verían más que los de mi rostro.

En mis noches a su lado, la soledad dormía entre nosotros. Sin embargo, al cerrar mis parpados, podía viajar al momento en el que las manos de ese hombre tomaban mi cintura otra vez y me jalaban con fuerza, atrayéndome a él. Repetí la escena cuantas veces sentí necesario hasta que me quedé dormida.

Mi vida dejó de tener sentido, pero mi corazón se negaba a admitirlo. Incluso aquella noche, alrededor de las dos de la mañana, cuando el puñal entraba con violencia una y otra vez en mi carne, mis ojos no podían dejar de mirar los suyos llenos de odio. No fue hasta después de las veinte primeras puñaladas que mi cerebro decidió apagarse para impedirme terminar de ver aquella triste escena.

Abrí mis ojos y él continuaba a mi lado.

—¿Cómo te sientes luego de aquella siesta, mi amor?

Su mirada, tan pacífica como un lago en medio de un campo de flores, me calmó. Acaricié su mejilla y besé sus labios. Solo un dios podría saber cuánto amaba a ese hombre en realidad.

Bailamos y bailamos entre risas y cosquillas,
entre nervios y ansiedad,
entre el amor,
entre la rabia...

Sus manos se entrelazaron a mi cuello y, con gran ímpetu, me arrojó al sillón. Podía sentir la fuerza de mi sangre al intentar pasar entre sus dedos. La presión en mi rostro era cada vez más asfixiante. De nuevo, mi cerebro se apagó.

Abrí los ojos y ahí estábamos, de vuelta en su auto, camino a las montañas. Mis manos buscaban las suyas, el calor de su piel era intenso; su suavidad, regocijadora. Suspiré. «¡Cuánto lo amo!», pensé.

Nos bajamos del auto. Él se detuvo a mirar el paisaje mientras yo buscaba la cesta con la comida y una manta para sentarnos. Se podía escuchar el sonido de un río a la distancia.

—Este lugar es hermoso, cielo mío —le dije, asombrada con la belleza de nuestro entorno.

—Sí, de verdad es hermoso, como tú —me respondió. Un beso terminó sellando aquel momento perfecto.

Se estaba haciendo de noche y comenzamos a armar la carpa para dormir.

La oscuridad trae consigo sonidos y sensaciones aún desconocidas por el hombre. Podríamos buscarle la lógica, pero dentro de este marco surrealista, no tiene mucho sentido.

Al terminar de montar todo, nos abrazamos cerca del fuego. A lo lejos se escuchaba el ulular de un búho que hacía el coro de unos grillos. La oscuridad se acentuaba más y más, tanto que mi alma se camuflaba con su opacidad.

—¿Quieres que te prepare una sopa para calentar el estómago? —ofreció mi amado.

Acepté. Él tomó uno de los jarros y fue por agua. Con el viejo caldero de peltre de su madre, la hizo hervir junto a varias verduras y plantas aromáticas. El olor era insinuante. Revolvía y revolvía con una larga cuchara de madera. Al poco rato, estuvo lista para servir.

—¡Mmm! ¡Qué rica está! Gracias, vi... mi...

Un dolor súbito e inesperado golpeó mi estómago con violencia. Era intenso y punzante, algo con enormes garras me rasgaba la carne por dentro. Comencé a vomitar. Un líquido espeso de color rojo granate salía como de un grifo de mi boca y no me dejaba respirar. La risa de mi acompañante fue lo último que escuché antes de que mi cerebro se apagara de nuevo, al comprender que me había envenenado.

«¿Qué puedo hacer con todo esto? —me pregunté—. ¿Por qué aquel hombre, ese que tanto amo, parece no amarme tanto como yo a él?».

Abrí mis ojos al sentir el agua fría tocar mis pies.

—¡Ven a bañarte conmigo! El agua está exquisita —me gritó mi amado desde la playa. Me hacía gestos con las manos, invitándome a entrar.

El mar era, por lejos, mi lugar favorito del planeta, y estaba con él, compartiendo ese memorable momento. Mi cerebro vociferaba dentro de mi cráneo, pero lo que fuese que intentara decirme, no lo pude entender.

—¡Voy enseguida, mi vida! —prometí.

Las gotas frías de las olas volaban hasta mí, produciéndome escalofríos. Nos tomamos de las manos. Él me agarró desde la cintura y me metió al agua.

Jugamos un largo rato en la inmensidad del mar, como dos niños, sin preocupaciones, sin responsabilidades, sin miedo, sin inteligencia.

Sé lo que todos pensarán: que intentaría ahogarme, que querría hacerme algo malo, que quería herirme. No. Él me amaba.

Tomé su mano y él la jaló con fuerza. Mi cabeza y mi cuerpo quedaron sumergidos bajo el agua. Intenté soltarme, subir a buscar aire. Veía su rostro sonriéndome desde la superficie, tenía una sonrisa hermosa.

Abrí mis ojos. Esta vez, me costó mucho más hacerlo. Estaba recostada en una cama, la cabeza de alguien estaba sobre mi abdomen. Al parecer, dormía.

Traté de levantar mi mano, pero el hombre la tenía tomada con fuerza. Mi otra mano no reaccionaba. Intenté hablarle, pero mi voz no salía.

Pasaron horas hasta que por fin esa persona se levantó, yo lo miraba fijamente. Era él. Sus ojos, inyectados en sangre e inflamados, me hacían pensar en lo mucho que había llorado. Quise preguntarle, pero no pude mover mis labios ni mi cuerpo.

—Amada mía, ahora por fin podrás descansar. Deja tu dolor muy atrás. Los fantasmas que tanto te atormentaron ya se van. Despójate, al fin, de esta enfermedad. Dondequiera que estés, será un mejor lugar.

Sus labios se posaron sobre los míos. No pude corresponder ese beso como habría querido. Lo último que vi fue su mirada triste y sus manos que cerraron mis parpados, dejándome en aquella pausa, en aquella oscuridad.

Esta vez no pude volver a abrirlos nunca más.

¿O sí?

LA MUJER DEL MAR

El siguiente relato está basado en un escalofriante hecho real. Es tan verídico e impresionante que he decidido plasmarlo de la forma más fidedigna posible para así advertir al mundo de su existencia y salvar con esto muchas vidas. Ahora, si usted como lector no quiere creer, será bajo su propia responsabilidad.

. . .

Como cada día de la semana, bien temprano por la mañana, Geraldine y yo salimos a marisquear. El alba aún era joven cuando veíamos zarpar desde el muelle a la escarapela Costa Esmeralda, un barco de los más antiguos, con tres mástiles. Siempre salía a vigilar las costas, por si algún peligro nos acechaba. Nos encantaba verlo salir tan imponente a mar abierto.

—¡Oye, Geral, mira! —exclamé—. El espacio entre las rocas está lleno de cangrejos. ¡Qué buena suerte tenemos!

Metimos las manos y, con mucho cuidado, intentamos sacar la gran cantidad de crustáceos de las ranuras entre las rocas.

—¡Son muchísimos! Nunca había visto tal cantidad. ¡Qué extraño! —dijo mi amiga, riendo con ganas—. Haré pastel y empanadas con ellos, y los venderé frescos también. ¡Qué maravilla! Le diré a Nicolás que venga a ayudarnos.

Geraldine salió corriendo para llamar a su pareja, que en esos momentos iba llegando al muelle en su bote de pesca. Los cangrejos se agrupaban por montones, parecía que algo los atraía, pero ¿qué? Jamás, en mis cuarenta y ocho años, había visto eso.

—Hola, Vanesa, ¿qué tal? —me dijo.

Lo saludé con la mano que tenía libre. Con la otra, sacaba de un tirón otro cangrejo.

—Cariño, ¡esto es una locura! —exclamó Geraldine—. Está lleno de esos bichos por donde está Vane. Ayúdanos a sacarlos todos.

Nicolás se aproximó a mi lado y se agachó para ver el espectáculo. Su asombro fue tal que no podía pestañar de lo abiertos que quedaron sus ojos.

—¡Iré por los chicos, redes y cajas! Esos cangrejos son los más hermosos que he visto en toda mi vida. ¡Jamás había visto tal cantidad en todos mis años de pescador! ¡Venderemos tantos que no tendremos que trabajar en todo el mes, o incluso en todo el año! Espérame, ya vuelvo.

Nicolás salió de un tirón mientras silbaba y llamaba a sus colegas para que nos ayudaran. Geraldine saltaba y reía.

—¡Gracias, mar, por darnos tanto! —dijo.

Al poco rato, Nicolás llegó con cuatro amigos para sacar los crustáceos. Cada uno de ellos se mostraba muy impactado por el hallazgo.

—No podremos meter las redes, es un espacio demasiado angosto —dijo uno de ellos, recorriendo con la vista el lugar—. Tendremos que sacarlos con las manos.

Todos se miraron y comenzaron la misión. Mientras tanto, nosotras esperábamos para echarlos en los cajones. Uno a uno, los cangrejos salían. Con rapidez los cajones se llenaban. Cincuenta en una caja, sesenta en otra y seguían saliendo. De pronto, uno de los jóvenes dio un grito de dolor que lo hizo dar un salto hacia atrás, sobándose una mano.

—Algo me pinchó —indicó.

Nos acercamos para verlo. En efecto, una especie de púa alargada gruesa y afilada había penetrado su carne hasta la mitad. Con algo de trabajo, pudimos sacársela.

—¡Qué rara espina te clavaste, Carlos! Parece la púa de un erizo gigante. ¿Estás bien? —le preguntaron. El chico afirmó con la cabeza.

—Sí, no es nada, pero duele mucho.

Los demás se miraron y siguieron con la labor. Carlos se quedó atrás. Al poco rato, dos de los chicos salieron pinchados también, y luego el otro. Solo quedaba Nicolás sacando cangrejos, hasta que también fue herido con la espina.

—¿Con qué demonios nos estamos pinchando? No se ve nada allá abajo —apuntó—. Esperen, ¿y los cangrejos?

Todos nos aproximamos a las rocas. Para nuestro asombro, no quedaba ningún crustáceo. ¿Adónde habían ido todos los cangrejos?

—¡Va! ¿Qué importancia tiene? —dijo Vicente, alzando los brazos—. Tenemos como medio millón aquí arriba. Vamos, chicas, ayúdennos a llevarlos al pueblo.

Eran apenas las nueve de la mañana cuando los chicos se situaron con algunas cajas en los puestos aledaños al puerto para vender los cangrejos. ¡Salían como pan caliente! Ninguno de nosotros podía creer la cantidad de dinero que reuniríamos. Geraldine y yo fuimos con otra caja a su casa para preparar las empanadas y los pasteles de cangrejo. Al mediodía, los venderíamos como almuerzo.

—¡Esto fue un verdadero golpe de suerte! Fuimos bendecidas por el de arriba —dijo mi amiga, llevando sus manos al corazón.

Yo no podía dejar de sentir que algo no estaba bien. Todo era muy raro.

Por la noche, después de contar nuestro enorme botín, fuimos con los chicos a una cantina a beber y a disfrutar de nuestra fortuna. Todos reíamos y bailábamos, celebrando nuestra buena racha. Nicolás tomó de la cintura a Geraldine y, después de un gran beso, le dijo:

—Mi amor, no tendrás que levantarte temprano por un buen tiempo. Contamos con dinero suficiente para no tener que trabajar por un año entero. ¡Qué felicidad!

—¡Cómo te amo, amor mío! —gritó Geraldine de la emoción. Todos estábamos extasiados.

—¡Una ronda de cerveza para todos! —exclamó uno.

La ovación de los lugareños no se hizo esperar, y las rondas del fermentado salían y salían en fila para llenar las mesas. Todos estaban en una sintonía de codiciosa felicidad. Todos excepto uno, Joseph, el viejo lobo de mar, quien pidió silencio y exclamó:

—¡Yo no beberé de ustedes! ¡Están malditos! Cayeron en el embrujo de la mujer del mar. ¡En pocas horas, todos, excepto las mujeres, morirán!

El silencio en la taberna se volvió espeso y sepulcral. ¿Qué demonios había querido decir el viejo ese? ¿Quién era la mujer del mar?

—Oye, tú, Joseph, ¿qué carajo te pasa? —gritó, colérico, Daniel, uno de los colegas de Nicolás.

—¿Acaso crees que no vi la mordida en sus manos por los espolones que tiene de colmillos la mujer del mar? Todos ustedes ya están enfermos, y esa enfermedad los llevará a sus fauces, como a tantos marinos que perecieron de la misma forma.

Una veta de cangrejos, una veta de moluscos y hasta de pescados que salen como un geiser desde el fondo marino. ¿Es que nunca pensaron, pedazos de idiotas, que era demasiado bueno para ser verdad? Retrasados. Y ustedes, señoritas, preparen sus pañuelos, que mañana serán viudas.

Dicho esto, el viejo se paró y salió del lugar. Nuestros amigos se miraron las manos. La herida, antes una punzada pequeña y ya cicatrizada, ahora se veía morada e hinchada. No sentían dolor en absoluto, solo un cosquilleo que les enfriaba la mano.

—¡Va! No le hagan caso al viejo loco ese, se le escaparon los peces al mar —dijo Vicente entre risas—. ¡Sigamos celebrando, amigos! ¡Otra ronda para todos!

Vicente tomó uno de los jarros y se lo bebió completo de un solo sorbo. Mientras tanto, a Nicolás, a Daniel y a Carlos se les fue el color del rostro.

—Amor, no tienes de qué preocuparte. No le vas a creer esas mentiras al viejo Joseph, ¿o sí? Sabes que después de que perdió a su hijo, su mente no volvió a funcionar bien. Esas espinas debieron ser de un erizo muy grande que estaba aferrado a la roca y no lo vimos. Solo eso —dijo Geraldine, abrazando a Nicolás, quien no hizo comentario alguno.

Miré a mi alrededor con gran preocupación. Cristofer ya no estaba en el lugar.

—¡Oigan, chicos! ¿Dónde está Cris? ¿Alguien lo ha visto? —pregunté. Todos comenzamos a buscarlo con desespero, no había podido esfumarse de la nada.

—¡Va! De seguro ese cretino bebió demasiado. Debe estar tirado por algún lugar. Ya volverá —dijo Vicente mientras pedía otra botella.

Nicolás y Carlos decidieron salir a buscarlo. Nosotras hacíamos lo mismo adentro. Daniel y Vicente se dedicaron a beber en la barra.

Pasó una hora exacta. Nicolás y Carlos no volvieron después de salir por Cristofer, quien tampoco había regresado. Daniel y Vicente se habían dormido en la barra de tanta ebriedad. Con la preocupación apretando nuestros estómagos, decidimos ir a buscarlos.

En ese momento, desde que salimos de la taberna por nuestros amigos, todo se volvió la más terrible de las pesadillas. Pero no cualquier pesadilla. Esa fue, sin duda, la más real y aterradora de todas. Intentaré describir con toda precisión lo que vimos esa noche en la orilla de la playa, aunque mis palabras salgan entrecortadas y mis manos sigan temblando de miedo, el miedo más paralizante que jamás había experimentado.

—¡Vanesa, ven rápido! ¡Los chicos! ¡Los chicos están aquí! —me gritaba Geraldine desde la orilla de la playa.

Corrí lo más deprisa que pude hasta ver los cuerpos de Daniel, Cristofer y Nicolás tendidos uno junto al otro en la arena, muy cerca del agua. Cuando me acerqué lo suficiente para verles las caras, Geraldine me advirtió que no los tocara. No pude contener un alarido desgarrador al ver la masa de carne inflada en la que se habían convertido mis amigos. Sus cuerpos estaban tan hinchados que apenas se podían distinguir sus facciones. No respiraban. Quedé paralizada, mi cuerpo ni siquiera me permitía pestañar. A lo lejos, oí la voz de Vicente y Daniel que, a paso aletargado, avanzaban a la orilla.

—Esa voz… esa voz que me llama tan melodiosa, ¿la escuchas? —decían al unísono.

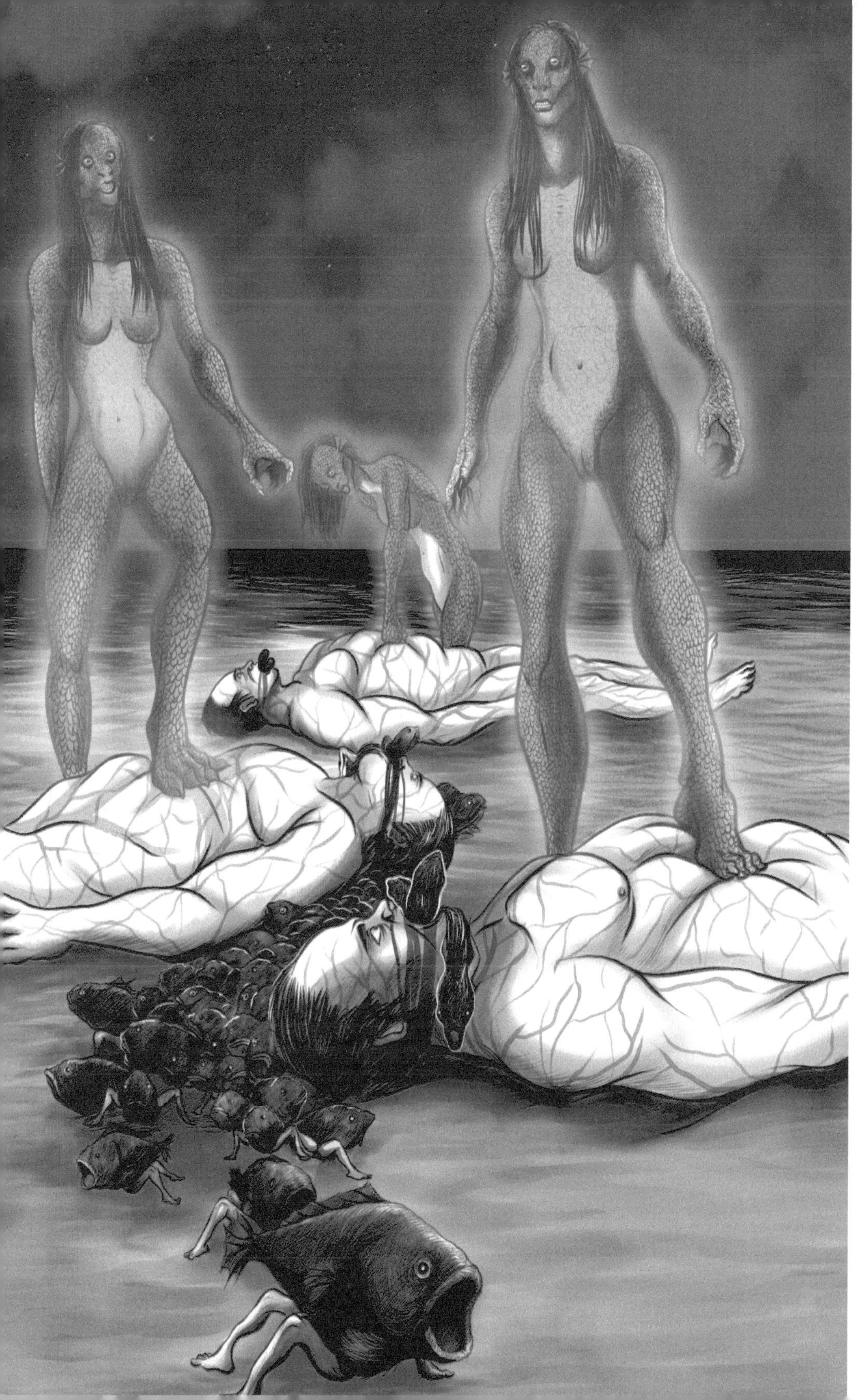

—¡No se acerquen! ¡No den un paso más! —vociferó Geraldine. Luego cayó al suelo, inconsciente.

Como pude, hice reaccionar a mis piernas y corrí a socorrer a mi amiga, que aún respiraba. Alcé la mirada, ahora los cincos hombres estaban tendidos, uno al lado del otro, en la orilla del mar. Intenté gritar para pedir ayuda, pero de mi boca no salió nada. De pronto, una luz distinta a la de la luna iluminó el sitio donde estaban los cuerpos. Provenía del mar. La fosforescencia comenzó a tomar forma y a salir del agua con los brazos extendidos.

No era una, sino cinco mujeres que brotaron como sirenas. Pero tenían piernas, las cuales estaban cubiertas de escamas. Sus ojos eran blancos y de su boca emanaba un cántico sin pronunciar palabras. Quedaron a plena vista los espolones verdosos que llevaban por dientes. Cada una se paró frente a un cuerpo distinto y golpeó, con el puño cerrado, su abdomen. Lo que ocurrió a continuación aún me causa náuseas y un profundo deseo de desmayo.

Después del golpe desmedido de esas mujeres comenzaron a salir, desde la boca de quienes habían sido mis amigos, peces negros a borbotones. Peces con piernas de lactante y grandes branquias. Las mujeres tomaron a los chicos desde los tobillos y los arrastraron hasta el más negro y profundo de los fondos marinos, dejando un rastro de sangre y peces negros mientras avanzaban.

Geraldine no volvió a ser la misma mujer después de perder a Nicolás y a los chicos. Cada día llora, desconsolada, su pérdida. Nadie en el pueblo cree esta historia. Aniel está lleno de secretos y mitos urbanos, pero puedo jurar que esta historia es real. Aunque la he contado sin descanso, la semana pasada un grupo de jóvenes encontró una veta de salmones, todos los hombres del grupo fueron heridos por una enorme espina verdosa y hoy están las fotos de todos ellos en las cajas de leche y en los postes del alumbrado.

Parece increíble. Sé que tú, como lector de este testimonio, a pesar de conocer la verdad, aún puedes sentarte en la orilla del mar para buscar paz, pero un día encontrarás algo más que el sonido de las olas y la brisa del mar impávido. Te lo puedo jurar.

EL ETERNO RECUERDO
DE UN AMOR HOMICIDA

Eres el amor de mi vida. Jamás mi corazón pudo volver a amar alguien como te amo a ti. Tu recuerdo palpita en mis memorias y tu rostro recorre mis venas. Eres la sangre que me mantiene con vida y el veneno que bebo a diario. Hace ocho años fue la última vez que probé el sabor de tus besos, y desde ese momento sufro de hambre. Me estoy muriendo. Detrás de esta sonrisa me desvanezco tan lento que hay días en que olvido que mi ser agoniza por tu ausencia eterna. ¡Cuánto dolor hay aquí dentro, donde solo debería estar mi interior impávido!

—¡Por, favor escúchame! Tengo algo muy importante que decirte.

—No tengo nada que hablar contigo, ¡déjame en paz!

• • •

El sol entraba por mi ventana como cada mañana, golpeando mis ojos. Fue una noche más en la que lo encontré en un sueño, en la que me asfixiaban las palabras que jamás pudieron salir de mi boca. Otro día en el que mis lágrimas brotaron antes de que mi cuerpo reaccionara a la vida. A veces, habría deseado que estuviera muerto. Así, por lo menos, su inexistencia hubiera sido mi consuelo. Pero no, estaba vivo y esquivándome, eludiendo mis atrevimientos y mis arrebatos, dándome la espalda y fingiendo que la que había fallecido era yo.

La mayoría de los días estaba sometida en mi trabajo. Tenía alumnos de preescolar a quienes enseñar y educar para que en un futuro, bien lejano para algunos, pudieran convertirse en alguien en el hilo tan fino que es la vida. Poco a poco, perdía el sentido de vivir, las ganas y la luz que me caracterizaban se apagaban. El reloj ya no me ofrecía segundos alegres. La pena y la soledad habían pavimentado el camino por el que transitaba desde hacía varios años. «¿No queda esperanza sobrante para mí?», me pregunté.

—Profesora, disculpe, ¿está usted bien? —preguntó una de mis alumnas, tocándome el hombro.

—Sí, Antonieta —respondí—. No dormí bien anoche y estoy cansada, pero gracias por su preocupación. Tome asiento, ya comenzaremos con la clase.

Antonieta asintió con la cabeza y se sentó en su pupitre.

—Buenas tardes, alumnos —saludé—. Iniciaremos recordando la clase anterior. Empezaremos por el abecedario...

El sol se ocultaba detrás de las nubes, desvaneciéndose como cada día. Yo iba caminando en su dirección, de vuelta a mi casa. Deseaba extinguirme en el horizonte. No transitaba nadie en ese momento, así que mi compañía era la soledad, que con fuerza tomaba mi mano. De pronto, una motocicleta se detuvo a mi lado, interrumpiendo mis pasos. Un hombre alto con la cara cubierta se bajó con prisa y me tomó del brazo.

—¡Dame tu bolso! —exigió.

Comenzamos a forcejear. Al ver que yo no cedía al atraco, el sujeto me dio un puñetazo en el rostro, lanzándome al suelo. Cuando volteé a mirarlo... ¡qué grande fue mi asombro! Sus ojos se encontraron con los míos y pude reconocerlo. Era él, el hombre de mis sueños, ¡era Demian!

—¡Demian, soy Jessy! ¡No me golpees más! ¡No me hagas esto! ¡Escúchame! —exclamé. Sus ojos se abrieron de par en par ante tal coincidencia.

—¡Yo no te conozco! No voy a escucharte ¡Entrégame tus cosas de una buena vez!

Empuñó de nuevo la mano y me golpeó el rostro con tal brutalidad que la oscuridad de la inconsciencia me albergó en sus brazos, tensionando nuestro hilo rojo y cortándolo para siempre.

• • •

—Amor mío, ¿por qué te rehúsas a escucharme? —le pregunté, sujetando su bello rostro de porcelana.

—Porque temo que lo que quieras decirme ate nuestros caminos de nuevo, lo que sería imposible —respondió. Luego tomó mis manos y las puso sobre su corazón.

• • •

Recuperé la consciencia de un momento a otro. Las sirenas de policías y ambulancias gritaban con tal furor que mis ojos querían abrirse para ver cuál era la emergencia. Sentía que me movían de un lado para el otro, pero no podía hacer nada. Era un títere del destino.

—¿Causa de muerte, doctor?

—Anote «traumatismo craneoencefálico».

Tal vez los golpes que me dio en el suelo, o la caída misma, terminaron por matarme. Acababa de enterarme de que había muerto. «¡Qué extraño es! A decir verdad, pensé que morir sería más terrible, pero no estoy en el cielo… ni en el infierno, ni en ningún lugar. Creo que mi cuerpo sigue en la morgue. ¿Tendré que esperar mi entierro para irme?», me pregunté.

—Jessy, soy yo, Demian. Quiero pedirte perdón. Sé que ya no puedes escucharme ni decirme lo que por tantos años intentaste comunicarme. ¡Lo siento tanto! —me dijo. Lo escuchaba sollozar de forma entrecortada—. Jamás podré perdonarme lo que te he hecho, ahora mismo iré a entregarme a la policía. Entré aquí a escondidas solo para despedirme de ti y pedirte perdón de rodillas, aunque no puedas verlo.

Sus labios se posaron en los míos para darme un último beso de fría despedida. Pero con mi muerte se dio también la muerte de mis sentimientos, que por tantos años había cuidado dentro de mi corazón.

Si tenía que irme, no me iría sola.

Cuando sus labios se despegaron de los míos, una de mis manos entumecidas se aferró de la suya. Demian comenzó a gritar, toda la energía que emanaba de su profundo terror me llenaba de extraña vitalidad. Me incorporé en la camilla con la mitad de mi rostro destrozado, pero con el único ojo que quedaba en mi cara, pude ver su expresión de intenso y genuino pánico. ¡Sonreí de la emoción! Con la mano que tenía libre, me enganché a su cuello y comencé a apretarlo con tal fuerza que el éxtasis que ahora corría por mis venas me impidió detenerme.

—¿Qué me decías, mi amor? ¿Venías a pedirme perdón? Bueno, comprenderás que no puedo oírte con claridad, ya que mis tímpanos se reventaron por tus golpes. Pero tranquilo, no dejaré que pierdas la vida sin decirte lo que intenté informarte todo este tiempo: antes de que te fueras, hace ocho años, quedé embarazada y tu hija nació saludable. Unos meses atrás me detectaron un cáncer terminal y necesitaba encontrarte para decírtelo y que pudieras cuidar de Esperanza, tu única hija. ¡Qué irónico es el destino! La esperanza es lo último que se pierde, además de la vida, ¿verdad?

Lo último que vi antes de desvanecerme fueron sus lágrimas y su expresión de desolación envolvente.

Aquella noche ambos perdimos la vida. Él murió sabiendo que abandonaría a su hija, la que tanto había anhelado mientras estuvimos juntos, y yo era consciente de que eso no lo dejaría en paz por toda la eternidad. Por fin, pude descansar. Sabía que mi hija estaría bien con mis padres. Demian recibió lo que tanto se merecía. El que ríe de último…

TRAICIÓN DE MEDIANOCHE

—Ya, pues, ¡dilo de una vez! No tengo toda la tarde.

—Deseo…

—Vamos, ¿qué es lo que deseas?

—Deseo que el hombre que amo sea mío y solo mío.

—Vaya, señorita, ¡qué deseo más egoísta y pobre! Pero ahora que lo tienes, soplarás dentro de la botella mientras piensas y lo imaginas con todas tus fuerzas. Verás que se convierte en una realidad indiscutible.

—¿Cuál es el costo?

—Diez monedas.

—¿Qué? ¿Solo eso?

—Sí.

—¿Solo debo darte diez insignificantes monedas y tendré al hombre que amo conmigo y solo para mí?

—Así es. ¿Aceptas el trato?

—¡Sí, acepto!

· · ·

—¡Qué rico me lo haces, Adriana! ¡No pares, no pares! —me decía Alejandro mientras yo hacía movimientos circulares con mi lengua en su miembro—. ¡Párate y date vuelta!

Me tomó con fuerzas de las caderas e hicimos el amor como dos bestias hambrientas. Cada noche que nos encontrábamos en clandestino, él divagaba frases de amor y locura y morbosidades capaces de estimular a cualquiera. «Lo amo —pensé—. No quiero reconocerlo, pero lo amo profundamente».

Alejandro era un hombre casado. Su esposa, Mary Ann Hopper, era una mujer de alta alcurnia, de mucho dinero y prestigio. Se decía que había llegado en un barco desde el otro lado del continente. Al conocer a Alejandro, se casó de inmediato con él. Ella no le daba una mala vida, pero nunca tenía tiempo para él, ya que era dueña de la fábrica de muñecas Endúlzate y el trabajo la consumía, aunque no quisiera admitirlo. Por ese motivo, Alejandro me buscaba con desespero y en la cama saciaba las ganas.

Había pasado un mes desde la última vez que habíamos estado juntos. Quizás sospechando que su marido andaba en algo raro, Mary Ann lo había llevado a trabajar a la fábrica con ella. No lo soltaba, y el muy cobarde no era capaz de inventar alguna excusa para irse y estar conmigo. «¿Será que ya no le importo?», me preguntaba.

¡Ring! ¡Ring! ¡Ring!, gritaba el teléfono desde el otro extremo de la sala

—¿Aló? —contesté. Ruidos estridentes de máquinas se escuchaban del otro lado, pero logré entender:

—Lo lamento, Adriana, no podré verte esta noche tampoco. Mary quiere que la acompañe a apagar las luces de la fábrica. Lo siento. Tú sabes que no es porque yo no quiera, pero mi mu...

No quise seguir escuchando su llamada, solo colgué. «¡Maldito! —pensé—. Siempre es lo mismo con él, no es capaz de ponerse los pantalones y estar conmigo», me dije.

«Después de tantos años siendo amantes, ya es tiempo de que comience a valorarme como lo merezco. Yo le doy todo, ¡todo! Todo lo que me pide. Como él quiere que me ponga me pongo, como él quiera hacérmelo yo me dejo —continué—. Cuando él tiene deseos, yo se los satisfago siempre. Pero ¿qué me da él a mí?». De pronto, un odio electrificó mis venas. «Necesito tomar acción —pensé—. Iré a ver a la bruja del pueblo, ella siempre sabe qué hacer».

La casa de esa mujer quedaba en medio de un bosque, entre el cementerio y la montaña, entre el mar y el cielo.

—¿Qué te trae por aquí, mujer? —me preguntó.

—Quiero que hagas un trabajo —anuncié.

—¿De qué trabajo estamos hablando?

—Tú sabes, quiero un «y fueron felices para siempre».

—Interesante… ¿qué tan rápido lo quieres?

—Para esta noche.

—No pierdes el tiempo, ¿verdad? Está bien. Primero debes decirme tu deseo. Piensa muy bien las palabras que utilizarás.

«Deseo que ese hombre sea mío a toda costa —pensé—, incluso si eso significa que Mary Ann muera».

—Ya, pues, ¡dilo de una vez! No tengo toda la tarde.

—Deseo…

—Vamos, ¿qué es lo que deseas?

—Deseo que el hombre que amo sea mío y solo mío.

—Vaya, señorita, ¡qué deseo más egoísta y pobre! Pero ahora que lo tienes, soplarás dentro de la botella mientras piensas y lo imaginas con todas tus fuerzas. Verás que se convierte en una realidad indiscutible.

—¿Cuál es el costo?

—Diez monedas.

—¿Qué? ¿Solo eso?

—Sí.

—¿Solo debo darte diez insignificantes monedas y tendré al hombre que amo conmigo y solo para mí?

—Así es. ¿Aceptas el trato?

—¡Sí, acepto!

La bruja rio con ganas, metió la mano bajo la mesa y sacó un pequeño baúl. De entre sus ropajes, extrajo una pequeña llave con la que abrió la caja. Adentro brillaba una botella de color azul intenso. Lo que fuese que contuviera se movía como una gruesa serpiente intentando escapar.

—Destapa la botella y di en su interior tu deseo —indicó, pasándome la botella, que no debía medir más de veinte centímetros. Tenía miedo de sacar el corcho y que lo que fuera que estaba dentro se escapara—. Tranquila, Adriana, el espíritu no irá muy lejos. ¡Hazlo! —me ordenó. Tiré el corcho y me llevé la botella a la boca.

—Deseo que el hombre que amo sea mío y…

¡No pude terminar de decir mi deseo! Algo viscoso se metió en el interior de mi garganta. Un escalofrío me recorrió de la cabeza a los pies. Sentí una electricidad recorrer todas las venas de mi cuerpo. Comencé a vomitar. Entre la bilis y el almuerzo, una serpiente con manchas rojas y negras se retorcía en el piso. Al instante, la bruja arrancó la botella de mi mano e introdujo esa cosa adentro.

—Estamos listas. Deja las monedas sobre la mesa y ve por tu hombre.

Hice lo que me dijo. Salí del lugar con una sensación extraña y un dolor de estómago gratuito. Mi teléfono personal comenzó a sonar, ¡era Alejandro!

—¿Alejandro?

—Adriana, necesito verte. Veámonos en la fábrica a las diez y media. Dime que irás.

—Sí, ahí estaré.

Colgué.

Me fui corriendo a casa, revolví mi armario y saqué la más provocadora de mi ropa interior, una polera escotada y unos pantalones que dibujaban perfecta mi figura. «¡Debe quedar loco! —me dije—. Hoy, al fin, tiene que ser mío. ¡Pagué para que así fuera! Ahora bien —continué divagando—, no sé si esta llamada es obra del embrujo o solo casualidad. Bueno, sea como sea, esta noche será mío».

Llegué a la fábrica a la hora fijada por él y me escabullí entre las obras directo a la bodega donde nos encontrábamos siempre. En el momento en que abrí la puerta, Alejandro me tomó de la cintura y me besó como nunca antes. Sus manos desesperadas me desvestían, no dejaba de besarme y tocarme. Yo seguí su juego animal. Se sentía como un desesperado hambriento de mí. Su respiración era agitada y sudaba de tal manera que me empapaba la piel. Me penetró con una brutalidad que por un segundo me hizo dudar de si estábamos haciendo el amor o si era víctima de una violación. No me importó. Seguimos y seguimos, no me decía nada. La atmosfera que nos rodeaba era una mezcla de pasión enfermiza y toxicidad venenosa, ¡un huracán de fuego!

De pronto, desvié la mirada. Una silueta femenina bien marcada estaba de pie en el umbral de la puerta, que no había tenido tiempo de cerrar. ¡Era Mary Ann! Como pude, traté de advertir a Alejandro.

—¡Para! ¡Para! Tu mujer está en la puerta.

Él no me escuchaba. Por el contrario, me lo hacía con más fuerza. Intenté quitármelo de encima, pero fue inútil. Estaba en un trance maligno que le impedía detenerse. Despacio, Mary Ann se dio la vuelta y desapareció de la escena. A los pocos segundos, comenzaron a sonar las alarmas de la fábrica.

—Alejandro, detente, por favor. Tu mujer nos pilló y activó las alarmas. ¡La policía estará acá en cualquier momento! —exclamé. Entre sus gemidos y gritos de excitación, comenzó a decirme:

—Mi mujer eres tú, mi mujer eres tú, ¡mi mujer eres tú!

Por fin se detuvo, acabó dentro de mí. Mientras se reponía, me levanté, tomé mi ropa, me vestí lo más rápido que pude y salí al pasillo que daba a la fábrica. En medio de la larga calle estaba el cuerpo de Mary Ann Hopper tirado boca abajo. Al voltearlo, pude ver su rostro por completo desfigurado. Su piel tenía manchones rojos y negros. Parecía que algo la hubiera mordido muchas veces. No era un perro, sino una enorme serpiente... Las campanas de la iglesia dieron las doce y las sirenas de la policía cantaban juntas el cántico de mi condena.

• • •

Apenas llevo presa un año. Un año, de los cuarenta que me dieron por el brutal homicidio de la prestigiada dueña de la fábrica Endúlzate. Alejandro fue condenado a los mismos años que yo, pero se suicidó a las pocas semanas. En el momento en que el guardia de mi pabellón me lo dijo, sentí que las manos de la culpa estrangulaban mi garganta. Fue incluso peor cuando me contó que lo único que repetía los últimos días era mi nombre y que se moriría si no estaba conmigo.

Mi mente me grita todos los días en esta asquerosa celda mohosa: «¡Diez monedas!». Solo diez malditas monedas costó la vida de tres personas, la de mi amado Alejandro, la de Mary Ann y la mía, ya que, cuando cumpla mi condena, tendré más años que la vida misma.

◄(132)►

FANTASMAGÓRICO
PARTE II

Lo que uno tiene que hacer por una mujer.

Aunque al final no fue tan terrible, debo reconocerlo.

Ese tipo era un enfermo de la cabeza.

. . .

—Oscar, ¿qué estás haciendo aquí? ¡Ya te dije que soy inocente! Carol se ahorcó porque ella quería, yo no la obligué —exclamó Horacio, el exmarido de mi amiga, al verme. No mostraba expresión ni sentimientos en su voz o en su cara. Era un maldito condenado.

—Horacio, solo vine a hacerte una pregunta —le aseguré. Él me miró con desconfianza—. ¿Estás solo?

La afirmación de su cabeza fue un golpe de adrenalina para mi corazón. No lo dudé ni por un segundo. De mi bolsillo derecho saqué una jeringa con 5 ml de aceite de tabaco concentrado y se lo inyecté en el cuello. Horacio cayó de espaldas de inmediato. Sin delicadeza alguna, lo arrastré hasta el baño del primer piso. Como era un día de mucho frío y viento, no había nadie en las calles, así que el trabajo fue más fácil de lo planeado. Metí su cuerpo a la tina del baño. Aún respiraba. Sin poder pronunciar ninguna palabra, comenzó a llorar mientras su corazón se detenía despacio por el veneno.

—¿Quieres un cigarrillo? —le ofrecí con amabilidad mientras me ponía los guantes quirúrgicos, pero Horacio no me contestó. ¡Qué mala educación la de ese tipo!

Yo, por mi parte, saqué uno y lo encendí, viendo como su cuerpo se retorcía en la tina. La agonía siempre es dolorosa. Hice una incisión debajo de su costilla izquierda. Horacio cerró los ojos con una expresión de profundo dolor.

—¡Ya, hombre, no te quejes! Es solo una pequeña herida —le dije. Metí mi mano y tiré con fuerza para sacar su corazón, el cual guardé de inmediato en un frasco.

—¡Hola, pedazo de porquería! —dijo Carol. Tenía una sonrisa escalofriante dibujada en su fantasmagórico rostro.

Horacio abrió tanto los ojos que pude ver el momento exacto en que su pupila se dilató, mostrando la oscuridad y el terror más profundo de su interior.

—Esa basura no iba a cambiar nunca, jamás reconocería sus errores —dijo—. Bueno, me iré al castillo. Nos encontramos allá, ¡no hay tiempo que perder!

Mi amiga tomó el frasco y se esfumó como la niebla de la mañana. Yo me quedé mirando el cuerpo inerte de Horacio, pensando en qué debía hacer con él.

• • •

—Al fin en casa —dije, atravesando los enormes murallones del castillo.

Subí al ala oeste, donde estaba el «ángel». «Espero que ese corazón haya funcionado —pensé—. Si no, también tendré que ir a dejar el cuerpo con los cerdos». Llegué a la habitación, Carol estaba a su lado. Se veía mucho mejor y el tono de su piel había cambiado de verde a dorado.

—¡Oye! Nuestro huésped se ve mucho mejor —comenté. Mi amiga se dio vuelta, sonriéndome.

—¡Sí! —exclamó—. Le entregué el órgano y, con la palma de su mano, no sé cómo, lo absorbió. Su semblante cambió al instante. Comenzó a respirar normal y su piel y sus músculos retomaron su turgencia. Ahora debe estar dormido.

Me acerqué para verlo un poco mejor. Ya no se le notaban los huesos. Su rostro era hermoso, había que reconocerlo. Pero claro, era un ángel.

—Bajaré a preparar comida, ¿gustas de algo? —pregunté. Carol negó con la cabeza.

—Iré después.

Mi cena predilecta era té con leche y dos tostadas. Salí a comer a la terraza que tenía vista al mar. Las olas eran tranquilas y la pequeña playa estaba vacía.

Los días avanzaban raudos, sin darnos tregua, y yo seguía envejeciendo. No tenía familia ya, solo me quedaba Carol, ese enorme castillo y, ahora, un ángel. Me sentía ajeno al planeta.

—¿Qué ocurre, Oscar? Te ves muy triste —comentó Carol. La voz de mi amiga llegaba a encontrarse con mis oídos.

—Estoy triste, en efecto. Dime una cosa: si yo muero, ¿quién heredará este polvoriento castillo? —pregunté. Ella abrió mucho los ojos y después miró el mar.

—Bueno, nadie, la verdad. No tenemos a quién dejárselo. Pasará a ser del pueblo. Es probable que lo derrumben —comentó—. ¿Por qué me lo preguntas? ¿Estás pensando en…?

Sabía que ella no terminaría la frase.

—Sí, Carol, deseo suicidarme. Ya me cansé de la vida y de su envejecimiento, las enfermedades, el dinero. ¡Ya no quiero más esto! Debemos encontrar pronto a nuestro heredero —le contesté. Mi amiga me miró con profunda y genuina pena.

—Si eso es lo que quieres en realidad y de corazón, yo te apoyaré y estaré ahí para tomar tu alma y traerla conmigo —me dijo. Sabía que ella no me dejaría nunca solo.

—Ca... rol... Carol...

La voz de nuestro huésped llegó desde la entrada de la terraza. Ambos nos levantamos. Mi amiga avanzó a su encuentro.

—¿Te sientes bien? —le preguntó. El ángel movió su cabeza de arriba a abajo.

—Tengo hambre —respondió. Carol y yo nos miramos. Encogí los hombros.

—¿Qué come un ángel? —pregunté.

Mi amiga lo tomó del brazo y lo ayudó a sentarse junto a nosotros. Nuestro invitado se sirvió un té y comenzó a comerse una de mis tostadas.

—¿De dónde vienes? —fue lo primero que se me ocurrió preguntarle. El ángel levantó su mirada y, después de tragar la masa de su boca, me contestó:

—Vengo de un pueblo llamado Aniel, a sesenta kilómetros de aquí. Vine a ver la decadencia humana... a explorar como se someten a su propio orgullo, convirtiéndose en seres terribles —explicó.

Su voz albergaba una tristeza aún más profunda que la mía. No sabía si quería conocer más de ese ser, pero la curiosidad era mucho más intensa que mis miedos a sus respuestas.

—¿Cuál es tu misión en este mundo? ¿A qué has venido?

El ángel perdió su mirada en el mar, que ahora mostraba su inquietud con olas cada vez más grandes y violentas.

—Subí a este plano después de escuchar el lamento de una anciana que, después de orar a Dios por toda su vida, dejó de hacerlo. Sus palabras sonaban a una profunda decepción y desamparo por el que ahora la había abandonado, y no solo a ella, a todos los mortales. Subí a ver qué estaba pasando. En efecto, descubrí el motivo de su abandono.

»Soy un ser extraño para ustedes —reconoció—, pero de lo más parecido a los humanos. Yo purificaré el dolor que vive dentro de todos. Para mí, vivir como ustedes conocen la vida no tiene sentido. Es una completa tortura. Pero moriré si ustedes mueren, y mi muerte será la decadencia total de su especie, ya que... —se detuvo de repente y se llevó las manos a la garganta.

—¿Qué ocurre? —preguntó Carol, poniéndose en pie.

El huésped divino comenzó a vomitar. Se podía ver la tostada mezclada con té y la bilis que expulsaba de su cuerpo con gran fuerza.

—¡Demonios! La comida mortal le hizo mal —apunté, levantándome también.

Luego de vomitar la comida, comenzó a expulsar coágulos de tinte púrpura y cayó al suelo, inconsciente. Lo tomé en mis brazos y lo llevé de vuelta a su habitación. Su piel empezó a marchitarse y a tomar de nuevo la tez verdosa. Estaba muriendo.

—Oscar, ¿qué está pasando con él? —preguntó mi amiga con genuina preocupación.

—¿Cómo quieres que lo sepa? Le dimos el corazón, como él pidió.

La respiración del ángel, entrecortada y lastimera, nos hundía en una pena que se acrecentaba con cada segundo que pasaba.

—Me… enve… ne… naron… —dijo. Mi amiga y yo nos quedamos mirando estupefactos. ¿Lo envenenamos? ¿Cómo?—. El… cora… zón estaba… en… ve… nenado.

—¡Sí! El veneno que le inyecté a Horacio debió llegar al órgano —comenté. Nuestro ángel moriría—. Lo siento mucho, no pensé que te afectaría tanto —le dije con una lágrima atorada en la garganta.

Con las últimas fuerzas que le quedaban, me hizo un gesto para que me acercara.

—Esto es… culpa tu… ya, y el mun… do lo sa… brá.

Una especie de vapor salía de su boca, era cada vez más espeso. Nos quedamos junto a él hasta que dio su último suspiro. Nos había dejado para siempre.

—Carol, lo siento tanto —le dije a mi amiga, abrazándola con fuerza. Me sentía tan culpable…

—No, no es tu culpa. Era su destino morir en este mugroso castillo, junto a nosotros. No nos queda más que enterrarlo y olvidar el hecho de que tuvimos un ángel de huésped. Hicimos lo que pudimos —afirmó y asentí con la cabeza.

Carol lo envolvió con las mismas sábanas y luego lo metimos en bolsas plásticas. Bajé para cavar un hoyo en un rincón del patio, donde teníamos enterradas a las innumerables mascotas que nos habían acompañado por años, y lo depositamos en el fondo.

—Bueno, ya está —dijo ella tras suspirar—. Me parece que es momento de partir de este castillo, ¿no lo crees? —sugirió. Mi sentimiento de culpa y desamparo hacía que quisiera salir corriendo de allí, pero algo en mí sabía que jamás podría hacerlo.

—Carol, tienes razón. Nos mudaremos a Aniel y comenzaremos una nueva vida, o lo que quede de ella. Nos mudaremos con todo y derrumbaremos este castillo.

Saqué de mi bolsillo una navaja y rasgué la carne de mi cuello. Abrí un corte grande y profundo. La sangre corría como una represa descontrolada al piso, junto a mi cuerpo. Podía ver desde lo alto que este se contorneaba, epiléptico.

—¡Oscar!

Cuando mi cuerpo dejó de moverse, mi espíritu se consolidó. Tomé a Carol de la cintura y pude besarla. Sentí sus labios fríos y su piel vaporosa.

—Tranquila, querida, te dije que nos mudaremos a Aniel. Tenemos mucho que hacer y recorrer aún. Sin nosotros, el castillo no tendrá con qué alimentarse y terminará por morir también. Además, tal vez debemos salvar a la humanidad, después de matar al ángel —dije. Carol me sonreía, esperanzada. No recordaba haberla visto así de contenta antes—. ¡Ah, otra cosa! —agregué—. Deberás enseñarme a ser un fantasma.

SAMANTHA

Era una noche fría, el invierno apenas comenzaba a levantarse sobre nosotros, dejándonos una sensación de desamparo y soledad. Era un día especial. La luna cornuda menguaba, acechante, aterradora, en la negrura del cielo estrellado. Miles de ojos blancos, amarillos, rojos y azules titilaban en el firmamento. No sabía si temblaban de miedo o de frío, pero estaban ahí, observándome.

Desde mi ventana podía ver la silueta de una enorme higuera que, imponente, se levantaba entre las tinieblas, danzando al compás de los gritos violentos del viento, moviéndose de un lado a otro y desparramando sus últimas hojas muertas por todo el campo. Podía distinguir a media sombra nuestro banquillo, que me miraba con recelo, esperando que llegara la medianoche para nuestro encuentro.

Mis padres habían preparado una cena especial. Era 23 de junio, víspera de la noche de San Juan. El reloj aún no alcanzaba a dar las nueve, y mi padre no dejaba de mover las piernas de manera nerviosa e irritable. Él sabía lo que ocurría en esa fecha, sabía a quién esperaba para cenar. Mi madre no me miraba, sino que le daba vuelta a la carne dentro del horno con la vista fija y pérdida. El olor penetraba en mi nariz, brindándome sensaciones hipnóticas y deliciosas.

Bajé a la despensa del sótano. Escondida entre unos ladrillos, tímida, se asomaba una manilla de bronce. La jalé y se levantó sin problema, dejando al descubierto una botella de vino empolvada y vieja, cosechada de forma exclusiva para él. La tomé con cuidado, pegándola a mi pecho, luego cerré la trampilla y subí a la cocina.

—¡Aleja ese elixir infernal de mi cocina! ¡No quiero verlo ni tenerlo cerca! Ya es suficiente con la maldición que aqueja a esta familia para que además tengamos que mantener la calma con esa cosa endemoniada cerca de nosotros. —vociferó mi madre, mirándome con una mezcla de rabia y pánico. Su piel canela estaba tan tensa que por un minuto pensé que le había dado una parálisis—. ¡Dios jamás nos perdonará, Samantha!

—Madre, sé lo mucho que les aterra esta fecha, la noche de San Juan no tendría que ser así. Deberíamos ser como cualquier familia normal, pero, a pesar de todo, tú sabes muy bien que a mí no me incomoda ni me asusta, más bien al contrario…

Detuve mis palabras, mi corazón saltó en mi pecho. Un calor me bañó por dentro, entibiando mi espíritu. Al mismo tiempo, mi madre abrió la boca en una expresión de horror.

—¡No vuelvas a repetir semejante estupidez! ¡Te irás al infierno por esto!

Vi caer lágrimas por sus mejillas, ahora pálidas. Dio media vuelta y se fue a su cuarto. Pude sentir el golpe violento de la puerta al cerrarse tras ella. Me quedé solo con el sonido de mis pensamientos, que se atropellaban dentro de mi cabeza. Tomé las tenazas y saqué la carne. A pesar de su aspecto y olor mágico, se me habían esfumado las ganas de comer. Cada año era lo mismo.

El reloj ya daba las once. Mi padre se fue a dormir con mi madre, ambos encerrados con llave en el cuarto. Podía escuchar los susurros de sus rezos: «Padre nuestro que estás en el cielo…». La soledad era mi mejor compañera en esa espera eterna, solo tenía nervios de volver a verle después de un año, de sentir el sabor de sus besos fríos, de sus manos huesudas recorriendo mi cintura. Me estremecía pensarlo. Y, más aún, recordarlo.

Subí a mi cuarto cuando faltaban treinta minutos para la medianoche. Me desvestí, me bañé y me puse el vestido rojo sangre que a él le gustaba tanto. Sobre mis hombros dejé caer un grueso manto negro que me abrazaba, impidiendo que el frío llegara a mi piel. Perfumé mi cuello, pinté mis labios y peiné mi cabello de lado. Estaba lista.

Bajé las escaleras y tomé las llaves, el vino y las dos copas, luego salí. Una niebla verdosa cubrió mis pies. La densa bruma se movía como un fantasma arrastrándose por la hierba. Aumentaba su volumen despacio, se asemejaba a un monstruo gigante tratando de ponerse en pie. Mis pisadas silenciosas no me delataban entre las cortinas del averno.

Llegué a los pies de la dantesca higuera. Mis piernas temblaban y mi estómago se comprimía entre las paredes de mi carne. Puse las copas y la botella a un lado, sobre la madera astillada del banquillo. No tuve que esperar mucho hasta oír el cántico mefistofélico de violines que anunciaba su llegada. Todo el mundo se refugió, incluso el cielo se cubrió. El silencio más perpetuo cerró las bocas de todas las especies a nuestro alrededor. Entre la niebla comenzó a dibujarse la silueta alta del Rey de las Tinieblas. Se definió su sombrero de copa, su traje negro y su cabello plata, que caía de una forma muy hermosa sobre sus hombros. Por fin, sus ojos ámbar, brillantes y penetrantes, se clavaron en los míos. Mi respiración se cortó. Mi corazón latía tan rápido que pensé que se me escaparía por la boca. Su belleza me encandilaba, su piel me volvía loca.

Corrí a su encuentro, él abrió sus brazos para recibirme. Nos fundimos en un abrazo. Podía escuchar su respiración entrecortada, intensa. Pegó su nariz a la piel de mi cuello, oliéndome. Dejó escapar un suspiro.

—Mi bella Samantha, baila conmigo —susurró el Diablo a mi oído.

De inmediato, el sonido de las cuerdas al contacto con el arco fantasma se incrementó. La melodía diabólica invadió cada lugar de mi ser. El Diablo me tomó de la cintura y me giró en un vals maldito. Todo a nuestro alrededor dejó de existir. Bailábamos sobre un universo inexistente, éramos solo él y yo. Sus manos acariciaban mi espalda hasta llegar a la desembocadura de mi columna. Cada vello de mi piel se erizaba en un acto de placer infinito. De vez en cuando, nuestros labios se rozaban con provocación, haciendo que cada paso de esa danza fuera excitante.

De pronto, todo quedó en silencio. Fue tan abrupto que perdí la noción de la realidad efímera. El Diablo estaba parado frente a mí, con su vista perdida en la llanura de mis ojos. Parecíamos un par de estatuas marmóreas suspendidas en el tiempo. No supe cuánto tiempo pasó hasta que la fina línea de sus labios se quebró.

—Ven conmigo, Samantha —me dijo—. Haz de mi agónica alma un lecho de muerte para el calor de tu cuerpo. ¡Quédate a mi lado para siempre!

Al concluir la frase, su boca buscó la mía, que le correspondió enseguida. Se me había congelado la sangre. Mi piel, ahora insensible, se pasmó entre sus brazos. No dudé ni un momento en mi respuesta. Él la sabía de antemano.

• • •

Mi nombre es Samantha Walker y no puedo explicar con palabras conocidas o imágenes lúcidas cómo pude dejar este testimonio. No sé si logrará atravesar los planos de la consciencia y llegar al que era mi hogar. Solo puedo asegurar dos cosas: mis padres no tendrán que volver a preocuparse de la maldición, ni por el Diablo, ni por el perdón de Dios, y, por último, que morí desde el momento en que vi mi propio cuerpo inerte, tendido en el césped junto a la botella de vino en aquella fría noche, mientras mi espíritu descendía a las entrañas palpitantes de la tierra con mi consorte, el mismísimo Diablo.

PLAGA

Todo lo que relataré esta noche será una narración difícil de creer. No existen ojos que no se abran asombrados al escuchar mi nombre. Eso sí, no puedo revelar mi identidad, ya que soy un rey muy importante y todo el mundo me conoce de una u otra manera. Así que dejaré este testimonio plasmado no solo en este papel, sino también en sus calles, en sus hogares y, sobre todo, en sus cementerios.

• • •

Observo el mundo desde lo alto. No tenemos espacio para movernos, el aire está saturado de químicos, vivimos entre la basura y la porquería. No soporto esta situación de hacinamiento. La naturaleza dejó de respirar, veo como muere día a día, despacio. Los lagos se secan y el mar se violenta, ¡y la tierra se sacude con clara epilepsia! Esto tiene que parar.

Yo, que todo conozco y todo lo sé, veo como cada día ese animal llamado hombre se desplaza por las calles, ciego. Perdió los ojos hace mucho tiempo. Sus oídos discriminan palabras y sus labios hablan idiomas ininteligibles hasta para él mismo. Son una especie de zombis, o de parásitos, o no lo sé. Lo que sí tengo claro es que son muchos.

Después de convivir con ellos tantos siglos sin que me percibieran o se enteraran de la clase de rey que soy o de la amenaza que represento, sigo flotando en silencio entre aquellos seres sin alma. He podido notar que, si hubieran sabido quiénes somos, jamás, ¡jamás!, se hubieran convertido en la monstruosidad que son hoy en día. ¡Me dan asco como especie! Todo esto me ha hecho evaluar el panorama que tendremos si no son detenidos a la brevedad, así que he decidido actuar. Como rey, tengo la obligación de velar por un bien común. Solo hay una manera de que el planeta vuelva a equilibrarse: la muerte.

Salí de mi reino temprano por la mañana y circulé por las calles buscando un huésped, el primero de miles que pretendo fecundar con la semilla fatal e inmortal que cambiará el futuro del mundo, al menos por cien años más. No tuve que andar mucho para encontrar al mortal que me alojará. Su piel amarillenta y sus ojos rasgados despertaron rabia en mí. No supe muy bien por qué, pero ese hombre miserable sería el primero. Me acerqué al sujeto con suma cautela. Caminaba con un vaivén errático, parecía que no iba a ninguna parte, despistado, ensimismado en él mismo... Por eso no me vio. Se detuvo en un carrito de comida. Antes de que pudiera echarse la primera pieza de carne de chiroptera a la boca, ataqué.

• • •

Mi nombre es Lu Mazasuko. Trabajo en una tienda de ropa y esta mañana, después de comprar mi desayuno, no me sentí muy bien. Llegué a la tienda como cada mañana, me tomé una pastilla para la migraña y seguí como cada día. Anoche no dormí muy bien. Pasé gran parte de la noche con pesadillas y eso me atormentó bastante durante el día. Soñé con un mar violento que se tragaba gran parte de la ciudad costera. Lo más extraño de todo eran los cuerpos tirados en la arena, ¡muertos!, antes de la primera ola. La que vino tras ella arrasó con muchos más cadáveres que estaban agolpados en el centro de la ciudad. Y la tercera terminó por limpiar las calles y casas del país. No quedaba nadie vivo, y yo lo miraba todo desde lo alto. Desperté cuando una mano fría y huesuda tomó con fuerza mi brazo y susurró en mi oído: «Todo esto es tu culpa».

No soy un hombre supersticioso ni creo en eso de los sueños, pero este en particular me dejó muy preocupado por su nitidez y por su final. ¿Por qué yo tendría la culpa de la extinción de mi raza? Bueno, fuese cual fuese la respuesta, no debía tener importancia. Después de todo, fue solo un sueño.

Llegué a mi casa por la noche. Las ventas del día habían sido muy buenas, así que fui a la pastelería por golosinas para disfrutar con mi mujer. Fueron pasando los días de la misma forma, sin alteraciones, sin sobresaltos, sin pesadillas, sin advertirme antes o sin que me diera cuenta, por lo menos, de que pronto todo lo que conocía como «normalidad» dejaría de existir.

De pronto comencé a sentirme un poco extraño. El cuerpo me pesaba, me dolían los músculos, como si hubiera hecho ejercicio por horas. Mi cerebro golpeaba las paredes internas de mi cráneo con violencia. Tenía frío y estábamos en pleno verano. Llamé a mi jefe para excusarme y fui a ver a un médico. Jamás pensé o imaginé terminar en la UCI de aquel hospital, con mi vida sostenida tan solo por un ventilador mecánico.

• • •

Así comenzó mi reinado. El primero infectó a su esposa, quien murió dos semanas después. El hombre logró sobrevivir, pero se llevó la culpa de enfermar a su mujer y a su pequeña hija, que no presentó síntomas. Y ahora ¿qué? Seré la plaga que cubra con el velo de la muerte este país, este continente, este planeta. No existirá en el mundo quien no sepa quién soy y lo que mi nombre significa. Ahora somos más y más. Mis súbditos viajarán a los países cercanos y navegarán a los continentes más lejanos. No quedará un humano de pie, todos se arrastrarán pidiendo perdón, aunque ya sea demasiado tarde.

• • •

—Mamá, ¿nos vamos a morir? —me preguntó mi hijo pequeño, Rolman, al escuchar por la televisión la última cifra de contagios y muertos en el noticiero del mediodía.

—No, amor. No vamos a morir. Tenemos que cuidarnos y usar las medidas que el gobierno nos dice para que estemos bien. Tranquilo, nada malo nos pasará.

Lo abracé con fuerza, sabiendo que le mentía con descaro. Nunca se habían visto cifras como esas. El país donde se inició todo estaba en ruinas y, a pesar de que el continente asiático quedaba muy lejos, no demoró en golpear la puerta del nuestro a pocos meses desde el primer enfermo. ¡Esto no se había visto en siglos! De verdad, la cosa estaba fea. Ese día nos habían avisado que se decretaría toque de queda y cuarentena para toda la región en la que vivíamos. No podríamos salir en días, semanas o meses de la casa, y necesitábamos abastecernos antes de que comenzara a regir, a las diez de la noche.

Con mascarillas puestas y guantes de los que se usan en los hospitales, salimos a la calle. La gente estaba agolpada en los supermercados y farmacias. Nadie respetaba el metro de distancia. Los ancianos y jóvenes estaban juntos, en la misma fila. «De seguro nos tomará horas poder entrar», pensé. Un hombre de Dios gritaba por su megáfono que estábamos viviendo los últimos días y que el Apocalipsis estaba en la puerta, a punto de entrar. Mi hijo tomaba con fuerza mi mano, muy asustado. La masa de gente nos hacía movernos en un vaivén nauseabundo y de desesperación total. Decidí regresar a la casa. En el camino de regreso, vi gente discutiendo en la calle sobre el tema. «¡Es una mentira y estrategia del gobierno!», gritaba uno. «¡Es el éxodo!, Moriremos todos, idiota», le gritaba el otro.

Encontré un pequeño negocio abierto y compré lo que pude para estar encerrados en casa, como indicó nuestro presidente. De verdad, tenía miedo. «¿Qué pasará con mi pequeño hijo si yo muero?», me pregunté. Regresamos a casa. Metí a Rolman a la tina y lo bañé. Luego me bañé yo.

—Mamá, ¿por qué la gente no se cuida? ¿Se quiere morir? —me preguntó. Yo lo observé con preocupación. Podía notar el miedo genuino en su voz.

—No, hijo. No es eso. Quizá no saben lo que está pasando en realidad.

Cada semana renovaban la cuarentena. La cifra de contagios era vertiginosa, y la de muertos subía de cien en cien cada día. Ciento noventa países estaban infectados, la mitad del globo terráqueo estaba enferma, y la otra mitad… ya estaba muerta. Por la televisión mostraban a los fallecidos esparcidos en las calles. Los cementerios no daban abasto y las fosas comunes parecían ser la tendencia que seguían todos en el mundo entero. Era un panorama desolador. Dios nos había abandonado.

Esa mañana había despertado con mucha tos y mi hijo pequeño presentaba algo de malestar, pero tenía ánimo para comer y jugar. Yo, por mi parte, me sentía muy mal. Mi cuerpo me dolía y no podía percibir ni el olor ni el sabor de las cosas. Cada minuto que pasaba el miedo se apoderaba de mis venas, agolpándose con violencia dentro de mi cabeza, que, pensaba, me iba a explotar.

—Mamá, no te ves bien. Acuéstate, mejor —dijo Rolman, poniendo una de sus manitas en mi frente—. Mamita, estás muy caliente, parece que tienes fiebre. ¿Tienes el virus, mamita? ¿Te vas a morir? —me preguntó mi pequeño con los ojos llenos de lágrimas.

—No, cariño, solo es un resfrío. Estaré bien.

Otra mentira descarada. De alguna manera, me había infectado. «¿Habrá sido el tipo que trae el pan? —me pregunté—. ¿O mi vecina, cuando me ofreció un trozo de pastel? ¿O fue el hombre que vino a dejarme el gas de la estufa? ¿Quién fue?». Maldije al chino que nos había infectado a todos. Maldito el destino precario que le esperaba a mi pequeño. «No tengo familia, no tengo a nadie. ¿Quién verá por él?», me cuestionaba. Mis ojos se cerraban contra mi voluntad y mis pulmones hacían un esfuerzo sobrehumano por respirar. Llamé a Rolman con el último aliento que me quedaba y le pedí que llamara a Antonieta, mi vecina, para pedir ayuda...

• • •

Los ojos de la humanidad se cerrarán para siempre. Quiéranlo o no, así será. Ustedes han sellado su propio destino y terminaron por destruir un futuro y casi un planeta con sus acciones y decisiones codiciosas y ambiciosas. Yo soy un virus, el primero de miles que los acechan desde las penumbras, esperando que cometan de nuevo un error para salir a cazarlos uno a uno hasta exterminarlos. Hoy yo soy el rey, y mi corona brilla, reluciente, entre las esporas de mi carne insípida. Solo voy a entregar mi reinado cuando el último mortal esté de rodillas, implorando salvación, al igual que mi antecesor, el rey negro de la peste. Entonces, y solo entonces, me detendré y cederé mi reino a mi sucesor, que es el doble de destructivo y agresivo que yo.

EFECTO SALO

¿Has visto alguna vez una estrella fugaz? Cuando esa estrella cae del firmamento, uno le pide un deseo para que su último fulgor brille realizando aquella petición que nuestro corazón anhela. Pero ¿y si después de esa caen muchas más? ¿Y si en realidad no caen y quedan suspendidas en el aire con su cola paralizada en un descenso pausado por el tiempo? ¿Qué pasaría si todas esas estrellas cayeran a la boca de un volcán y desembocaran un río de sueños carbonizados? ¿Y si esa estrella fugaz que antes veías y buscabas en el cielo cumple el peor de sus propósitos, trazar el final de un sueño e iniciar una pesadilla apocalíptica?

Lo que te relataré en estas líneas es una historia que te sonará irrisoria y fantasiosa, pero te juro por la vida de mis hijas que yo misma me salvé de las garras de la muerte, que es real. Jamás volví a mirar el cielo, jamás volví a contemplar una puesta de sol, jamás volví a admirar los cerros. Jamás pude volver a ser yo después de aquel deseo que pedí cuando la primera estrella cayó.

• • •

—¿Aló?

—Hola, ¿hablo con Patricia, la mamá de Ámbar y Amelia?

—Sí, con ella. ¿Con quién hablo yo?

—¡Hola! Hablas con Héctor, el papá de Ibeth. Quería invitar a tus hijas al cumpleaños de la mía, que será este fin de semana en nuestra casa.

—Sí, no hay ningún problema. Ámbar llegó de la escuela contándome que Ibeth la había invitado. ¿Me das la dirección para poder llegar?

—Vivimos en el sector de Palmas Doradas, ubicado al este del centro de Aniel, parcela número 59. Queda ubicada entremedios de los cerros. Si sigues la carretera, llegarás sin ningún problema. La celebración será alrededor de las cinco de la tarde. Las esperamos.

—Por supuesto que ahí estaremos. Muchas gracias por la invitación. Chao.

—Hasta pronto.

Ibeth y mis hijas siempre se habían llevado bien. Era la primera vez que las invitaban a una celebración en su casa. Sería un fin de semana muy entretenido para ellas, o eso pensaba yo. De verdad hubiera deseado que fuera así.

Aquella mañana se sentía diferente, el aire era distinto. Un frío gélido me recorrió el cuerpo cuando saqué el primer pie de la cama. No escuchaba cantar a los pájaros en el jardín, lo que llamó bastante mi atención, ya que cada mañana se reunían en el pino que daba a mi ventana para charlar con alegría. Me levanté y corrí las cortinas.

A pesar del sol, que alumbraba sin ganas de calentar la tierra, no había nada ni nadie afuera, un silencio sepulcral parecía ahogar la vida. Pensé: «Quizás es solo mi mente fatigada por el descanso poco reponedor de la noche. Muchas pesadillas me atormentaron y siento que fui golpeada con brutalidad, pues me duele todo el cuerpo. Estoy molida, cansada y agotada, ¡y apenas son las nueve de la mañana!».

Por lo relatado antes, no quise hacer los quehaceres ni cocinar, así que pedimos una pizza al Gato Rojo y, después de comer, me recosté un rato con las niñas a descansar. Mis ojos se cerraron de inmediato.

Una tras otra las estrellas caen, caen sin principio ni final, solo caen.

Caen sin prisa y sin pausa, caen sin culpa.

Caen y no dejan de caer.

Desperté con los gritos de las niñas, quienes me avisaban que ya era hora de irnos al cumpleaños. Tenía esa sensación de haber soñado algo, de que me habían dicho algo importante en ese sueño… de que algo había ocurrido.

Pero bueno, al pensarlo más tarde, me dije: «¡Qué más da! ¿Habría cambiado en algo si lo hubiera recordado? ¿Habría desistido de ir a ese cumpleaños?».

La casa de Ibeth quedaba entre cerros. El paisaje era muy inhóspito y seco, no había árboles más allá de espinos, y solo rocas sembraban ese suelo arenoso. La casa era de estilo rústico, madera tallada y con una enorme salamandra que regurgitaba fuego en el centro de la cabaña. No éramos muchos adultos, cuando mucho seis, contando al dueño de casa, y había unos diez niños. Héctor había contratado muchos juegos para los pequeños, así como un espectáculo de magia y baile. Mientras el sol estuvo en el cielo, estuvimos contentos y, sin saberlo, a salvo.

Los niños corrían por el enorme patio de tierra que rodeaba la propiedad, riendo de buena gana. Yo me quedé en el umbral de un ventanal que daba al patio, observando a mis niñas jugar con alegría. De tanto en tanto, miraba el horizonte, el perfil de las montañas, los últimos destellos de un sol que nos decía adiós, las nubes violáceas que se perdían en la lejanía. Fue entonces cuando la vi: la cola radiante de una estrella cayendo.

Abrí mucho mis ojos por la maravillosa sorpresa, luego pedí un deseo.

«Deseo… Deseo ser feliz siempre».

Una segunda estrella cayó, y luego una tercera.

—¡Miren todos! Una lluvia de estrellas —exclamó un papá, saliendo por el ventanal al patio.

Yo llamé a mis hijas para que lo pudiéramos ver juntas. Tomé a la más pequeña en mis brazos y le di la mano a la otra. Todos estábamos estupefactos al contemplar un espectáculo tan majestuoso como ese. De pronto, me percaté de que seis estrellas no caían, sino que se quedaron suspendidas en el aire, formando un enorme abanico sobre la punta de uno de los cerros. Fue tan extraño y tan fuera de contexto que no pude dejar de mirarlas flotar ahí.

Héctor se me acercó y me dijo:

—Ese efecto se llama «efecto salo». Por algún motivo, quedan suspendidas como si algo las pausara, como si algo esperaran. Es muy perturbador verlas así.

Volteé a verlo con preocupación. Al regresar la mirada, las seis estrellas ya no estaban. Por fin, habían caído.

—¡Mira! Las estrellas ya no están. Al parecer, cayeron sobre esa montaña —comenté. Héctor me tomó del hombro.

—Patricia, esa no es una montaña, ¡es un volcán!

No había terminado la frase cuando algo extraño y fuera de toda lógica comenzó a arrastrarnos con gran fuerza hacia arriba. Todas las piedras flotaban a nuestro alrededor, también empujadas hacia el cielo. Fue como si la gravedad hubiera desaparecido de un segundo a otro. Tomé a mis hijas con fuerza y me aferré como pude al muro para no salir eyectada. Esto duró tres o cuatro eternos segundos. Flotábamos en un pánico tan irreal pero tan tangible que mi mente no podía creer lo que estaba pasando: estaba por caer al vacío del cielo. De pronto, la falta de gravedad cesó de golpe y nos arrojó al suelo. Miré a mis hijas, que a pesar de la consternación se encontraban bien.

—Mami, ¿qué está pasando? —preguntó Ámbar con la voz entrecortada.

No alcancé a responderle, pues un grito profundo y ensordecedor nos obligó a todos a taparnos los oídos al mismo tiempo. Eran los gritos de Volus, el volcán, al hacer erupción.

—¡Corran todos!

El cielo se tiñó de rojo y la noche brillaba sangrienta. Volus vomitaba lava a borbotones y cada pulsación era tan fuerte que nos devolvía al piso. Desde lo más profundo de su garganta, el volcán expulsaba rocas enormes que caían como una mortal lluvia sobre nosotros. Tomé a mis hijas y corrimos lo más rápido que pudimos, evitando a toda costa que uno de aquellos proyectiles humeantes impactara sobre nosotras. Atravesamos la plaza de juegos. A mi derecha, vi que Héctor e Ibeth, quien iba en sus brazos, eran aplastados por una enorme roca volcánica encendida. No podía detenerme, solo vi una de las manos inertes y ensangrentada de la niña asomarse por debajo de la gigantesca piedra.

Ningún lugar era seguro. El agotamiento estaba haciendo estragos en mis músculos, que cedían a la fuerza y presión del momento. Por fin pude ver una calle. Para ese momento ya era de noche y los farolitos de las veredas se encendían y apagaban, dejándonos a merced de la suerte y el terror. A lo lejos, divisé las luces de un taxi. Pude hacer que se detuviera, subí a mis hijas y

arrancamos a toda prisa por la carretera. Sorteábamos con gran dificultad los grandes agujeros que habían dejado las rocas y los cuerpos reventados en medio del pavimento.

Aquella noche, la mitad de Aniel fue destruido por la lava. La garganta de Volus no dejó de sangrar magma hirviente por más de una semana. Amelia quedó muda. Después de llevarla con un especialista, supimos que era la consecuencia de presenciar la muerte tan terrible de su mejor amiga, Ibeth. ¡Y qué decir de mi pequeña Ámbar! Nunca más volvió a ser la misma. Tal vez nadie en el pueblo volvería a ser quien fue nunca más, incluso el cielo dejó de ser estrellado.

• • •

La fumarola de Volus nos tiñó el firmamento de cenizas y fuego. La gente comenzó a irse por las fronteras de Aniel, que ahora se convirtió en un infierno, un averno palpitante de ánimas y sombras por el que transito a pie descalzo con mis hijas. No sé si lograremos salir de este pueblo maldito, pero si alguna vez alguien llega a leer estas líneas, que sepa que el infierno es real y que caminamos entre las cenizas y los cuerpos calcinados de quienes fueron nuestros amigos. Huesos sembrará la tierra y con sangre ha de regarlos. El cielo nos ha abandonado. Aquella estrella fugaz fue solo una lágrima caída del firmamento, desahuciando nuestro futuro, anunciando nuestro destierro y desolación.

Pedí el último deseo como un condenado a muerte, y sin saberlo, acepté mi destino cuando aquella primera estrella cayó.

Lecturas recomendadas

La herida del «Te quiero» (Sergio Montemayor)

Terror entre páginas (Stephanie Sarmiento Carbajal)

La caja negra de latón (Jorge Beltrán Navarrete)

Hay algo que te acecha. Relatos de horror, suspenso y misterio (Antonia de la Luna)

Los omisos del encierro (Daniel Lanza)